"美丽的新疆我的家"系列丛书

长天长生

亲吻我血脉里的这片土地

尹瑞飞·斯琴（蒙古族）——著

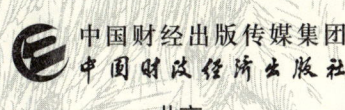

中国财经出版传媒集团
中国财政经济出版社
北京

图书在版编目（CIP）数据

长天长生：亲吻我血脉里的这片土地／尹瑞飞·斯琴著. -- 北京：中国财政经济出版社，2024.4

（"美丽的新疆我的家"系列丛书）

ISBN 978-7-5223-2918-5

Ⅰ.①长… Ⅱ.①尹… Ⅲ.①诗集－中国－当代 Ⅳ.①I227

中国国家版本馆 CIP 数据核字（2024）第 051151 号

责任编辑：潘　飞　　　　　　责任印制：史大鹏
策划编辑：潘　飞　刘桂瑶　　责任校对：胡永立

长天长生
亲吻我血脉里的这片土地
CHANGTIAN CHANGSHENG
QINWEN WO XUEMAILI DE ZHEPIAN TUDI

中国财政经济出版社 出版

URL：http：//www.cfeph.cn
E-mail：cfeph@cfemg.cn

（版权所有　翻印必究）

社址：北京市海淀区阜成路甲 28 号　邮政编码：100142
营销中心电话：010-88191522
天猫网店：中国财政经济出版社旗舰店
网址：https：//zgczjjcbs.tmall.com
北京中兴印刷有限公司印刷　各地新华书店经销
成品尺寸：185mm×260mm　16 开　15.25 印张　100 000 字
2024 年 4 月第 1 版　2024 年 4 月北京第 1 次印刷
定价：42.00 元
ISBN 978-7-5223-2918-5
（图书出现印装问题，本社负责调换，电话：010-88190548）
本社图书质量投诉电话：010-88190744
打击盗版举报热线：010-88191661　　QQ：2242791300

"美丽的新疆我的家"系列丛书

总 序

雪山皑皑,绿洲点点;葡萄甜美,歌舞曼妙……在中华人民共和国的西北角,有一片占国土面积约六分之一的广阔疆域,这就是166万多平方公里的大美新疆!两千多年前,新疆就是中国版图不可分割的一部分;在21世纪的今天,两千多万各族人民在这里繁衍生息,"像石榴籽一样紧紧抱在一起",扎实推进中国式现代化,创造享受如吐鲁番葡萄一样甜蜜美好的生活。

党的十八大以来,以习近平同志为核心的党中央高度重视新疆工作,从战略和全局高度审视、谋划、部署,深化对治疆规律的认识和把握,形成了新时代党的治疆方略,为新疆谋篇布局、把脉定向。习近平总书记多次深入新疆考察,就新疆工作多次发表重要讲话、作出重要指示,主持召开第二次、第三次中央新疆工作座谈会,从战略和全局的高度明确提出新时代党的治疆方略,为新疆发展擘画蓝图。

中华民族一家亲、同心共筑中国梦,在党中央的正确领导下,新疆的面貌日新月异,各个少数民族群众生活蒸蒸日上。新疆和新疆人民生活的变化,恰是新时代我国民族团结进步事业的生动写照,也是新时代民族工作创新推进的鲜明特征。"美丽的新疆我的家"系列丛书通过真实、生动、感人的个人书写,立体化反映新时代党的

|"美丽的新疆我的家"系列丛书|

治疆方略和党对新疆工作的领导,以凝聚人心,铸牢中华民族共同体意识,弘扬和培育社会主义核心价值观,并为在新时代新征程上奋力建设团结和谐、繁荣富裕、文明进步、安居乐业、生态良好的美好新疆奉献健康、向上的精神动力和文化食粮。

巍巍天山、壮美昆仑,见证新疆历史巨变。"天山雪松根连根,各族人民心连心。"在以习近平同志为核心的党中央坚强领导下,新疆各族人民手足相亲、守望相助,勇于进取、埋头苦干,团结一心、砥砺奋进,满怀信心奔向更加美好的明天。从广袤的塔里木盆地到高耸的阿尔泰山,从雄壮的帕米尔高原到富饶的吐鲁番盆地,"美丽的新疆我的家"系列丛书里展示的新疆,焕发出勃勃生机,孕育着蓬勃的希望。

习近平同志强调,要加强正面宣传,展现新疆开放自信的新面貌新气象,要多层次、全方位、立体式开展涉疆对外宣传,多渠道、多形式讲好新时代新疆故事。习近平同志还强调,新疆自古以来就是多民族聚居地区,新疆各民族是中华民族血脉相连的家庭成员,因此,要以铸牢中华民族共同体意识为主线,不断巩固各民族大团结。具体来说,要将中华民族共同体意识教育纳入新疆干部教育、青少年教育、社会教育,教育引导各族干部群众树立正确的国家观、历史观、民族观、文化观、宗教观,让中华民族共同体意识根植心灵深处;要以增强认同为目标,深入开展"文化润疆",要多角度全方位构建展现中华文化共同性、新疆同内地各民族交往交流交融历史事实的话语体系和有效载体,让中华文化通过实物实景实事得到充分展现、直抵人心,增进各族人民对伟大祖国、中华民族、中华文化、中国共产党、中国特色社会主义的认同。在此指引下,"美丽的新疆我的家"系列丛书着力书写新疆人民如何珍惜安定团结的大好局面,拧成一股绳,保持定力、脚踏实地,同心协力、踔厉奋发,在党的领导下为实现第二个百年奋斗目标继续奋斗;充分挖掘和有效运用新疆各民族交往的历史事实、考古实物、文化遗存,讲清楚

新疆自古以来就是我国不可分割的一部分和多民族聚居地区，新疆各民族是中华民族大家庭血脉相连、命运与共的重要成员。总之，"美丽的新疆我的家"系列丛书以书为载体，绵绵用力、久久为功，引导人们正确认识新疆历史特别是民族发展史，树牢中华民族历史观，铸牢中国心、中华魂，推动新疆各族群众逐步实现在空间、文化、经济、社会、心理等方面的全方位嵌入，充分激发各族群众热爱中国共产党、热爱社会主义中国、热爱中华民族的美好情感。

"美丽的新疆我的家"系列丛书的最大特色在于根植于新疆本土、体现新疆特色，各书作者均为出生于或生活于新疆大地上的各个民族的新疆人，他们了解新疆、热爱新疆、赞美新疆，他们以无比自豪的情感，向全世界宣告："美丽的新疆，这是我的家！"他们用散文、诗歌、摄影等一切可能的手段，生动体现新疆社会稳定、人民安居乐业，特别是各族群众手足相亲、守望相助的大好局面。

2019年，习近平总书记在全国民族团结进步表彰大会上的讲话中指出，我们辽阔的疆域是各民族共同开拓的，我们悠久的历史是各民族共同书写的，我们灿烂的文化是各民族共同创造的，我们伟大的精神是各民族共同培育的。"美丽的新疆我的家"系列丛书以文化润人、团结聚心，充分发挥文化浸润功能，让新疆大地上的真人真事、实物实景得到充分展现、直抵人心，通过一部部精品之作，以习近平新时代中国特色社会主义思想凝心铸魂，完整、准确、全面贯彻新时代党的治疆方略，最大限度地把新疆的真实面貌展现在全世界面前，激励更多的新疆各族儿女凝心聚力、踔厉奋发，在新时代新征程上不断谱写建设美好新疆的新篇章。

| 序一 |

  接到尹瑞飞的诗文集《长天长生：亲吻我血脉里的这片土地》手稿时，内心特别地高兴：认识多年的她，终于要出版属于自己人生的第一本诗文集。

  在哈密诗人圈里，尹瑞飞因文采通透、大气而小有名气。她是一个智商很高的诗人，在工作闲暇，用写诗去陶冶情操，让自己内心散发出自信以及魅力。她的文字时而舒缓，时而跌宕，从她的文字中，可以看出她是一个干干净净的蒙古族女子，并可以读到她心里的霸气和广阔。

  尹瑞飞是勤奋的，从2021年到2023年，她写了一百多首新诗和不少散文。她的笔锋柔婉又不失力度，饱满地抒发了对草原、故乡、父母亲、马头琴、马奶酒、哈达等的爱，格外感人。她的诗文格外清晰地展现出草原自然的民俗风情，我一口气读完整部文稿时，内心是无比深沉的，仿佛自己也融入了大草原美丽的画卷，也融入尹瑞飞笔下的河川、大漠、戈壁、落日和雪山。

  尹瑞飞的每一首诗、每一篇散文传递出的是哈达一样美丽的祝福，都能体现出蒙古族人的豪爽、大气。平时，尹瑞飞的内心是无比强大的，但《额吉的芦花》一诗充满了对母亲的深爱，展现出她女性软弱的另一面。可以看出来，尹瑞飞也是多愁善感的。

|"美丽的新疆我的家"系列丛书|

《长天长生：亲吻我血脉里的这片土地》也能静静导引我展开对草原或故乡、父母深深的思念。其中，《额吉的芦花》《我的哈达》写得格外优美、妙语连珠："篝火旁阿布把芦花／插进了额吉羞涩的发辫里／雪域承载了山鹰／经筒珍藏着雪莲／芦花在额吉的手中开了一茬又一茬。""在皑皑白雪中／许下了诺言／我把哈达铺开又卷起／卷起又铺开。"这些诗句灵动的意境自然而然会引发人的强烈共鸣。再如《骆驼客》这一首诗诗句的比喻自然而舒展，格外具有穿透力，让人惊艳："用鹰的羽毛／把天空铺平／蘸着班超的酒写大漠／写张骞出使西域／写消失在风沙里的城堡／五百年的干尸／风中传来了驼铃声／沙烟过后／从海市蜃楼里走出来骆驼客。"此诗让我读懂了她内心的雄阔、大漠的风情和历史的厚重。

另外，《梦中的额吉》《冬日沐马》《额吉的酥油灯》《图腾》《乃楞格尔的夜》等诗，都展示出尹瑞飞不同凡响的创作生命力。这一首首诗，都值得我们认真学习品读。

《长天长生：亲吻我血脉里的这片土地》是尹瑞飞这三年来创作出来的诗文的精品合集，也算是对其人生的一次小结。书里面有新疆满满的人文风情，也有她个人的爱国志、民族心、恋乡情、女儿心，让人不由得为故乡的沟沟壑壑深深地眷恋。尹瑞飞善用拟人手法，使每一首诗、每一篇散文饱满厚重，留下更多的想象空间。在书中，在诗文中，她像一匹正在奔腾在草原上的骏马，魅力无穷！

总之，《长天长生：亲吻我血脉里的这片土地》写草原、雪山、大漠落日……具有边塞粗犷苍凉之美。本序言也算是我的学习笔记。祝尹瑞飞在新的一年，写出更多视野开阔的好诗好文。

新疆哈密市伊州区慈善总会 钟永星、朱世彬、赵先民
2024年1月26日写于哈密火石泉

序二

尹瑞飞·斯琴邀请我写个序。我感觉自己水平很有限，对诗歌又不擅长，有点难为情，再三推脱，可她坚持邀请我写。虽然我们来往得不是很多，见过的次数也数得清楚，都是在文学艺术之路上的邂逅，也就答应下来。

记得二十世纪九十年代初期，某次从哈密返回巴里坤，我们乘坐了同一辆大班车，很巧合，我们坐在了一起，那时互不相识。尹瑞飞还是一位妙龄少女，不善言谈，有一些腼腆羞涩。在闲聊中我问起了她做什么工作、有什么爱好。她说好像没有发现自己有什么特长，也没有什么特别爱好。我对她说可以学着写一写吧？她说自己也写过，就是写得不好。就这样我们聊起了艺术和文学，谈话间，感觉她很有兴趣。最后我对她说，以后你要学习绘画，就找我；学习文学，我给你介绍一位巴里坤的文学大家。因为我在巴里坤文化馆工作，各方面人才都认识。

我们回到巴里坤后，好像没有过多久她来文化馆找我了，说想学习写作。我就把她带到了巴里坤县知名汉民族作家许学诚的办公室，牵线搭桥，让她认识了许老师，请许老师带一下，多指导指导。许老师很客气地说，只要学习，我都会认真教的。以后，再也没有见到她了。

| "美丽的新疆我的家"系列丛书 |

　　时隔三十多年，2019年哈密市伊州区文联组织了一次采风活动，由我来讲解带团，尹瑞飞很巧合地也参加了。当她到我面前说话时，我一点点也没有找到她的影子，当她谈起三十多年前的邂逅，我才慢慢地想起了那一段往事。我于1982年从哈密师范学院美术班毕业后，就一直在带学生学习绘画。带过的学生比较多，因为工作上没有联系，也很少来往了。新疆巴里坤县城比较偏僻，又是高寒地区，比较寒冷，大部分学生考学后都会留在外地，或者离开巴里坤县城在外地工作。进入二十一世纪后，这种现象在全国都很普遍。

　　当她再次进入我的视线后，我特意进入她的QQ空间，读了她发在QQ空间里的一些诗歌。感觉她的诗歌里蕴藏着较深的蒙古族民俗文化元素，带有很多乡土的气息，"阿布蹚过的河流/是额吉的避风港/阿布的马奶酒/是额吉少女时的梦"写的都是她少女时有过的梦、草原上流淌的浓浓乡情、她血液里带有的蒙古人的情怀。因为，她血管里流淌着蒙古族人的血液。蒙古族人的山鹰、马头琴、哈达、马奶酒、酥油茶、敖包、蒙古包，甚至草原上袅袅的炊烟都成为她笔下抒写情感的诗意。她的诗句里，融进了民族文化的灵魂，蕴含着她三十多年不懈奋斗的痕迹、脚印和汗水，字里行间充满激情和爱意，不论她的生活发生怎样的变迁，她总会执着地走下去，走属于自己的创作路。

　　一个人想做一点自己喜欢的事比较难，想有一点成绩也比较难，对于女人来说更难。她在几十平方米售货员柜台前忙碌的时间和空间里能写出几百首诗歌实属不易。能坚持三十多年的写作之路，对我来说只有敬佩。人生只要选择了健康的爱好，适合自己的都是对的，再能坚持三十年才是人生最好的情结和意愿。

新疆哈密市伊州区文联摄影协会副主席彭兴礼
2024年1月24日写于哈密

前言

我从小就喜欢文学，喜欢看书、看画册，喜欢写东写西。长大一点了，就开始没有目的地乱投稿，任何杂志都不放过，最终还是在本地报《哈密报》上发表了一首诗，诗歌的名字大概是《让我们相隔在对岸》。我也收到了人生中的第一桶金——两元钱的汇款单。那年我十八岁，我欣喜若狂，一时间人们也都传开了：木匠尹大师的三女儿是个作家！其实纯朴善良的乡亲们并不懂得作家是什么，我也不懂。但我懵懂的心，开始有了力量，从此便耕耘在这块广袤而又肥沃的"土地"上……

很多年过去了，生活的磋磨，让我始终没有找到方向，整天乱涂乱写，偶尔发一点短诗，慢慢地忘记了初心，忘记了一切，家庭和孩子逐渐占据了我的整个生活。孩子一天天长大，开始有自己的人生目标，慢慢离我远去，我的内心里始终有个声音在呐喊："你曾经的梦想呢？别忘了你是个有梦想的人！""献赋十年犹未遇，羞将白发对华簪"，我看向镜中的自己，曾经的"虞美人"早已双鬓斑白。我开始重新思考我的人生，"莫道桑榆晚，为霞尚满天"，那就改变自己吧！

重新捡拾起手中的笔，尽管已是网络时代，我不气馁，因为我的身体里流淌着蒙古族祖先不服输的血液。边打工，边用手中的笔，

|"美丽的新疆我的家"系列丛书|

把我的心思诉诸笔端，给风听，给雨听，给雪听，给云听，可以在我的诗歌里谈第二次爱恋，可以尽情地爱，肆无忌惮地爱。

生活寡淡无味，但文字是我的寄托、我的依靠，如果能出本书，把我的生活历程都留存下来，以此证明这个世界我来过，该有多好啊！那一日，阳光明媚，好友通过电话告诉我一个好消息，我的诗文可以出书了！一个慧眼识英雄的编辑，看了好友推荐给他我的诗文，很欣赏，也符合"美丽的新疆我的家"丛书的要求，决定将其付梓。

我的脑子嗡嗡作响，是梦吗？我掐自己的胳膊，好疼啊！当看到真实的合同摆在我面前，这一刻，我成了最幸福的人。我希望通过这本书，让更多的人了解我们新疆、了解蒙古族、了解我的好友们、了解我。

作者

2024年1月16日

目录

| 壹 |
| 额吉的芦花 |

003　长生天
004　额吉的芦花
005　我的哈达
007　我是草原的孩子
009　梦中的额吉
010　骆驼客
011　冬日浴马
012　喀尔里克我来了
013　额吉的酥油灯
014　苍远落日
015　烽燧台随想
017　图　腾
019　乃楞格尔的夜
020　情系青海湖
022　飘舞的哈达
023　那个静静的名字

024　乌珠穆沁的白马
025　从麦芒里走出
027　走进阿勒屯古街
028　白色的毡房
029　梦楼兰
031　只为来世
033　这一世我为你祈福
034　阿　布
036　心　灯
037　蒙古筝
038　我梦里的故乡
040　情　人
042　回　眸
043　写给金塔胡杨林
045　烟花过后
047　写给四月的父亲

| "美丽的新疆我的家"系列丛书 |

049　黑美人
050　枯萎的玫瑰
052　打捞我的记忆
053　老　屋
055　落笔写铅
056　我在沙漠里写荷
058　诗与酒
059　一个男人
060　追寻野人谷
061　渴　望

062　红鬃马
064　跪　拜
065　家乡在我嘴里
066　听风哭的声音
067　额吉的祈祷
068　额　吉
069　我的老屋
071　半杯桑葚
072　母亲的母亲
075　萨　仁

| 贰 |
美丽的天山脚下

079　看新星　写新星　读新星
081　我在四月写火箭
082　东天山下的琴声
084　美丽的天山脚下
085　追梦口子村
087　那个摇橹人的背影
089　只为那一日的回眸
091　我　只敬我自己
093　芽
094　垂　柳
095　你的世界我来过
097　等你是我暮年的期盼
099　我的爱人，可好

101　你可知否
104　等一场心灵的邂逅
105　在恋恋红尘中等你
108　万水千山粽是情
109　想说给星星听
110　湖心没有天鹅
111　大美新星市
113　我在金秋写哈密
115　你是我今生的梦
117　荷，落伤
118　眷　恋
119　二道湖的春天
120　唇　吻

| 目录 |

- 121　女人花
- 122　桃花祭
- 123　静待花开时
- 124　十里桃花千里雪
- 125　风中随想
- 126　别　离
- 127　秋风起了
- 129　听　雨

- 130　写给十二月
- 132　我真的想你了
- 134　我用了26个字母
- 136　只那么一点点
- 138　致左公朴存
- 140　喀什之旅
- 143　盛夏里的绿

| 叁 |
你是天的眼

- 147　想把十月写长一点
- 149　酌酒一杯敬你我重逢
- 151　柳绿亭台花映池塘
- 152　收藏了那个四月
- 153　初夏植物打开的门
- 155　与日落对话
- 156　别醒，请醉在红尘里
- 158　行走在秋天的旷野
- 159　站在悬崖上
- 160　马奶酒敬天敬地
- 161　初冬的雪
- 162　我想是朵莲
- 163　一场大雪
- 164　致十一

- 165　致红星二场
- 166　七　夕
- 167　又见三月
- 168　你　好
- 169　我真的不想老去
- 171　你是天的眼
- 173　梦回撒哈拉
- 175　夜半无眠
- 178　心里有朵白色的小花
- 180　穿透枫叶，读……
- 181　离　别
- 182　春　雪
- 183　浪　花
- 184　摇曳在叶子上的雪

"美丽的新疆我的家"系列丛书

| 肆 |
一个成熟女人的背影

187　初　秋
188　秋草黄
189　秋　韵
190　秋　思
191　秋日芦花
192　西山的秋
193　再写秋
194　梦一回
195　许　我
196　100次恋爱
199　秋末初冬
200　晨起暮落
201　再写枯叶

202　转场　东窝子
203　那抹最美的红
204　他的以西
205　我爱我的祖国
207　我的2023
208　往后余生在雨中看荷
210　想做一个与文字为伴的人
212　深夜与文字对话
215　写给新年的第一首诗
216　小年，小念
217　我在中原过年
218　一个成熟女人的背影

后　记

额吉的芦花 (壹)

长生天

额吉的经筒在风中继续转动
格桑花绽放在天的尽头
那里有额吉①一生的思念
秃鹫张狂地来了又走
我贴近地面,匍匐
磕长头,只因有阿布的温暖

额吉依然闭目转经筒
那个暴风雪的夜晚
风里、云里都渗透着饿狼的嚎叫
毡房在动
科尔沁草原在动
所有牲畜在动
阿布②手持马鞭消逝在长生天里

---

① 蒙古语,指母亲。
② 蒙古语,指父亲。

额吉的芦花

阿布蹚过的河流
是额吉的避风港
阿布的马奶酒
是额吉少女时的梦

有雪的日子
是额吉的喜欢
冰凌花渲染了她的世界
雪落便砸出了丝滑般的哈达

苇子峡里的马头琴声
在旷野里游荡
它是额吉思念的理由
它狂奔在暴风雪的夜晚

篝火旁,阿布把芦花
插进了额吉羞涩的发辫里
雪域承载了山鹰
经筒珍藏了雪莲
芦花在额吉的手中开了一茬又一茬

我的哈达

把一条哈达
洁白的那种
藏于我怀中
连同思念一起

不长不短
马背上的孩子心像天空
眼睛就是坎儿井
梦想却是大鹏展翅

父辈们蹚过了九十九条河
掀开了东天山的雪脉
筑起了一顶顶的蒙古包
夏天山花烂漫、牛羊肥美
秋天麦香四溢
树叶贴画
一切都欣欣向荣

七彩的哈达迎来送往
一个套马杆的汉子
手捧马奶酒
在皑皑白雪中
许下了诺言

|"美丽的新疆我的家"系列丛书|

麦子黄了一茬又一茬
我把哈达铺开又卷起
卷起又铺开
仰望苍穹
洁白的哈达熠熠生辉

我是草原的孩子

只有雄鹰才能在草原上飞翔
只有骏马才能在草原上驰骋
把苍穹装进蒙古包
把蓝天、白云装订成册
把狼的嚎叫声
变成了图腾
我和牧羊犬踏遍了山山水水
我是草原的孩子

千年的马奶酒
在草原飞扬
醉了一茬又一茬
篝火,马头琴
套马杆的汉子
幸福了一代又一代人
敖包再次相会
悲已成灰
草木依旧
铁木真的丰功伟绩
是山峦叠翠中的无字碑
我是草原的孩子

蒙古包是战袍的缩影

蒙古族女人可与狼对弈
手抓肉、马奶酒喂养了一代又一代的枭雄
我敬天敬地
用颤抖的手写下了乌兰巴托的夜
写下了乃楞格尔的草原
写下了伊犁薰衣草
写下了那拉提的养蜂女
写下了峰林叠翠中的天池
一颗雨滴跌落
流星雨划过夜空
璀璨夺目
马头琴在夜的上空弹奏出了整个草原的故事
我是草原的孩子

梦中的额吉

她如同雪莲般圣洁
流动的草原是她的家
她放牧着自己的辽阔
用天山雪水喂养了一代又一代
日出放牧　捡拾牛粪
日落马奶酒的香味是她的供养
袅袅炊烟蒸煮着她的希望
蒙古包里盛满了她的爱情

望着杜鹃花
她也会低眉垂泪
那个雄伟的汉子
陪她爬过雪山、蹚过河流
却没能走过他们的未来
夜幕降临
她点亮酥油灯
敬献哈达
用马鞭轻轻地击打马头琴
没人能再欣赏她的舞姿
只有经筒永不停歇
额吉，我梦中的额吉

骆驼客

折一把松枝
把天山铺平
在银色的世界里
写丝绸之路
写民勤到楼兰
听孟姜女哭长城
一路飘摇
诉说着唐风汉辞

用鹰的羽毛
把天空铺平
蘸着班超的酒写大漠
写张骞出使西域
写消失在风沙里的城堡
五百年的干尸
风中传来了驼铃声
沙烟过后
从海市蜃楼里走出来骆驼客

冬日浴马

丝滑般的凉触摸着我的肌肤
如滚烫的泪从心底流出
扒开层层桃林
瀑布般的雕塑
在不断地延伸
叩首　回头

从泪囊涌出的不舍
如万马奔腾
迷离了额吉的双眼
套马杆的汉子
饮尽了草原马奶酒
从胸腔发出的马头琴声
醉了莫日格勒河
一个银色的世界
融入了阿布的厚重
额吉的无限柔美

喀尔里克我来了

轻轻地，我来了
踏着四千多米的海拔
背上行囊
打包了所有记忆
怀揣了一个故事
把旧的发丝悬于风中
在寂寞中行走
把心事讲给它听

轻轻地，我来了
带着阿肯弹唱
在破冰的季节
找寻那个可以诉说衷肠的人
一顶帐篷、一台摄像机
筑在那个冰凉的山坳
有狼的嚎叫声
有宝莲灯一样的雪莲花
还有那个守着日落的背影
打开行囊掏出我的故事
对着冰川大声地喊
喀尔里克我来了

额吉的酥油灯

烟花在额吉的诵经声中渐行渐远
奶茶蒸煮着未来的春天
敖包在相会
我却把诗做成了经幡
化成雨　化成霜
在开河之时挂在梅的枝头
在额吉的匍匐中嫣红了草原

新的一个年轮
承载了无数粒格桑的种子
在破冰　在蓄势
毡房里依旧是马奶酒的香味
阿布依旧闭目养神
他的鹰　两只眼睛炯炯有神
看着远处的雪山
那里有它的伴侣
它们在听春
有春滚动的声音
额吉举着酥油灯
看到了一地的落红
它本就不是无情物
只把经幡当相思

苍远落日

我的经筒一转再转
风声鹤唳
深秋的凋零
放大了一些空旷
南归的大雁准备启航
叶落已归隐大地
远处飘来它的影子

它身披霞光
从梧桐树走向地窝子
传来了很多的嘶吼声
是胜利和丰收的呐喊
先烈们的骨骼留在了母亲渠
化作了片片棉田
我用马奶酒祭奠苍生
把圣神的哈达献给苍远落日

烽燧台随想

站在远古的烽燧台上
瞭望四面的苍穹
大地依旧是白茫茫一片
天空的蓝和白已不是旧日的蓝和白
鸟儿欢快地翱翔
我嗅着这祥和的气息
若有所思

满目疮痍的烽燧台
承载着多少忠魂英烈
他们亦父、亦子、亦夫
目光所至皆是泪眼婆娑的女人
金戈铁马，气吞万里如虎
古来征战几人回
红酒美人已玉碎

我站在烽燧台上
看到了哼着花儿的骆驼客
看到了笑弹琵琶的楼兰女
看到了白羊河畔的碎叶城
看到了酒醉的李白
挥毫泼墨
小小的烽燧肩负重任

确保一方平安

烽燧台
有胡杨的顽强
红柳的坚韧
风沙掩埋了征战的脚印
烽燧却留下了永恒的话题
画面依旧如初
一片落叶飘过
挥之不去
一个烽燧有多少个生死离别的故事

图 腾

我听过许多故事
也看过很多书籍
人类　飞禽　动物　植物
顺着它们的轨迹
我探访了大自然
被天山甩出去很远
滞留在那条羊肠小道上
看着暮色中手举鞭儿的牧羊女
和她的牧羊犬渐行渐远
那个影子是五颜六色的
我只好把蒲公英吹了又吹

听到冰川在炸裂
听到狼在呜咽
悲悯中且有期盼
听到泉水叮咚
听到格桑花开的声音
听到野骆驼的嚎叫
看到洁白的哈达飘过来
看到跪在经幡前诵经的人
看到山石上的岩画

清晰逼真
和浮云撞个满怀
揉揉眼睛
那不是岩画
是额吉牵着我找寻羊群的图腾

乃楞格尔的夜

风渐渐地凉了
晨雾也越来越浓
我的心思好像也很动荡
且　很乱很乱
一会儿明朗　彷徨
酥油茶　奶疙瘩
马奶酒　肚包肉
想唤醒南飞的鸿雁
篝火旁舞一曲《东归》

泪水随着经筒一转再转
看到雪莲在风中摇摆
辽阔的草原
万马奔腾
套马杆的汉子
如大鹏展翅
再烈的马也臣服
我端起酒杯洒向草原
任手中的哈达飘向远方

情系青海湖

没有去过青海
没有看过青海湖
一次也没有
却对它牵肠挂肚
像个久别的小媳妇
知道它海拔3000多米
也知道它无常的气候
更知道它遍地都是牦牛
也有一地的格桑花

青海湖一眼望不到边
天蓝得没有一点瑕疵
仿佛镶嵌了一块蓝色的绸缎
我们没有前世今生的约定
只为有你　仓央嘉措
我放下过天地
却从未放下过你
在梵音佛语中
我一直为你祈祷

我不是教徒
却非常牵挂塔尔寺
酥油花　壁画　堆绣

我更想顶礼膜拜

祈求我的人生

想亲自转动所有的经筒

在呢喃中埋葬我的前世

让我的命运在经筒中升华

在经幡中轮回

青海湖文成公主的镜子

有她太多的思念和不舍

她启动梵语

让天和湖连为一体

把所有人的烦恼写在经卷中

留下的油菜花是我的影子

我想泪洒青海湖

飘舞的哈达

轻抚我额头乱发的大手
那么轻　那么柔
似草原的微风
在蔷薇丛中波澜不惊

轻抚我额头乱发的大手
那慈祥的目光
是阿布浴马归来时的样子
温暖着我的一世

轻抚我额头乱发的大手
似阿布对额吉的样子
把夕阳揉进月色里
被经筒转出一条长长的哈达

那个静静的名字

记忆深处
他不善言谈
用酥油茶、羊羔肉
喂养我们长大

回眸,他已是满头白发
脊梁也不再挺拔
蹒跚的脚步从未走出过草原
英俊的容颜却落在了碑文上

"美丽的新疆我的家"系列丛书

乌珠穆沁的白马

从乌珠穆沁草原
传来铮铮的马蹄声
那是八百年前的风和月
那是八十一匹白驹
所到之处战无不胜
沙漠　戈壁
河流　湖泊　大海
没能阻止它们前进的铁蹄

在长调的呼唤声中
它们成了英雄
住进了史册
它们从阿尔泰山走来
成了草原的守护神
像粒粒珍珠
把草原点缀得富丽堂皇
马头琴诉说着"王"的丰碑
《敬酒歌》响彻夜空

从麦芒里走出

端起酒杯的那一刻
问佛　问了无数次
敬了天　敬了地
我是大地之子
从麦芽里走出
带着壳　带着芒
遗落在人间

萨满说　太阳是人间的神
普照众生
把丰收挂满枝头
把图腾嵌在云间
蒙古包　酥油茶　马奶酒
煮沸了再沸腾
马尾在风中摇曳

走进阿勒屯古街

走进阿勒屯古街
仿佛置身于女儿国
又或回到了古楼兰
集中的民族建筑
昭示着他们曾经的勤劳
阿勒屯的夜是繁华的
是原始的美
盛装出行的人游走在街上
一股股神秘感袭来
随着麦西来甫的乐声
我要去掀开她的面纱

走进阿勒屯古街
古丽们衣着华丽地载歌载舞
买买提们开心地烤着烤肉
游客们骑骆驼
品美食
顺着远古的气息行走在大街小巷
再现了丝绸之路上的骆驼客
大婶们随手击打饭盆都是一首首"神曲"
各民族欢聚一堂
十二木卡姆继续阐述着美好的未来

白色的毡房

祖先越过远古的河流、戈壁、山川
尘封了身上的蒙古袍
在霓虹灯的城市
点亮了属于自己的那盏灯
再也吹不响用柳叶做的笛
再也舞不出那粗犷的舞步
马奶酒、酥油茶依然飘香
马头琴声依然悠扬

曾几何时
我把草原的辽阔
写进了诗行
比如,西风烈,残阳如血
比如,成吉思汗的马蹄声
还有白色的毡房

梦楼兰

狂想，妄想，痴想
能有一个美丽的梦
心像纯净水
斜斜地挂在天边
草长莺飞，同蝶共舞
我沿着东天山的足迹
再一次去远古
找寻楼兰女
穿过荆棘
翻越戈壁沙漠
顺着风的方向
去追寻驼铃声声
我跌倒了再爬起来
远处飘来曼妙的歌声
我就是楼兰女

曾经的楼兰国
水草丰美
国泰民安
几千年的风霜雨雪
楼兰国消失了
在一夜之间
风沙过后

一具具白骨或卧或躺
风在梦幻的太阳里穿行
没有了足迹
只有层层叠叠的沙痕

我摸爬着
站在了被血浸染过的烽火台
看到了千军万马
挥戈向向
还看到了披着面纱、抱着瓦罐的楼兰女
散发着祈求的眼神
在风沙中我抓不到她的裙裾
看她在我的视线里渐行渐远
我用干渴的眼睛
努力地把她的美尽收眼底
瓦罐里是她爱的全部
我想把她画在太阳里
嵌在天空中
啊，梦楼兰

只为来世

佛说，一个经筒
就是一个传说
我初为人子
未经人事
仰头看天
经筒在转
雪域的天蓝得无法想象
云朵白得难以形容
三拜九叩点缀了风景
雨雪无阻
只为信仰

一只大鹏盘旋头顶
它是雪域的王
是仓央嘉措的化身
抑或是布达拉宫
皑皑白雪是王的思念
滴滴雨水是王的爱人
王的祈祷、经文
只属于那个为他喝醉的人
红尘铺路
只为红颜

|"美丽的新疆我的家"系列丛书|

王泼墨挥毫

在酒里写诗

云里对弈

纳木错的湖水蓝了又蓝

九色鸟婀娜多姿

王的爱翩翩起舞

经筒转了又转

三拜九叩不为今生

只为来世

这一世我为你祈福

只为来世
在某个街角　再与你相逢
在那个软软的驼背上
找寻儿时的歌谣
那是额吉的声音
把酒喝干
跪拜　诵经

焚香在敖包
把心放在风中
对秃鹫说　长生天护佑你
你手捧经书
在烟雾缭绕中呢喃
我转着经筒
望向秃鹫落下的地方

阿 布

在我记忆的深处
阿布的手很大很大
大得能托起喀喇昆仑山
托起整座蒙古包
直到青丝染尽雪雨

阿布比天山苍松还要挺拔
比山鹰还要矫健
替我们遮风挡雨
让我们温暖地生活着

阿布是个木匠
"堪比鲁班"
阿布的锯子、刨子、凿子
是我们的衣食住行
也是额吉的希望

阿布嗜酒如命
常常是自饮自醉
醉了就大放悲声地哭
那哭声　让天上的鸟儿都能跟着流泪

阿布知道我喜欢写东写西

可惜他睡得太早
没能看到我把思念变成一行行诗句
我写天空　写树木　写大地
写我最爱的人

我偷了额吉的钥匙
打开一瓶又一瓶美酒
写下了
花已生根
坟墓渐小
荒草正浓
阿布　你的身影永远屹立在我们的灵魂之中

心 灯

她给了我生命
没有大富大贵
没有绝世容颜
但是健康美丽

她让我认识了世界
感知了蓝天白云
缤纷的人生
甚至是酸甜苦辣
她是我的佛
是我心中的那盏长明灯
我的额吉

蒙古筝

谁在舔舐伤口
谁在弹奏琵琶
谁又在午夜里对饮
谁又在撕夜

月满西楼
谁在用血喂养着思念
看日出　看晚霞
格桑花种了一茬又一茬

没有人知道一个行走的皮囊
存在的意义
我用蒙古筝弹出旷世佳音
击破了宁静的夜
谁又在伤口种了一颗红豆

我梦里的故乡

在梦里总有乡音缭绕
句句亲切
尤其是四溢飘香的奶茶
那种粗制的砖茶
在额吉的勺子底下起起落落
砖茶和牛奶就是一场交响乐
茶香　奶香绕着地球一圈又一圈
一辈子的梦啊

我的故乡
没有江南百景图
没有娇艳的山茶花
没有大海的涛声
没有泰山日出
但它有风中的格桑
有万亩麦田
有大量的土豆
有味道独特的羊肉
羊肉风靡全国乃至出口
始终牵引着我的味蕾

我的故乡
四面环山

四季分明

夏季绿草青青

蝶飞凤舞

有屈指可数的盐湖

有煤矿

天然湿地

军马场

鹿场

小有名气的滑雪场

气势磅礴的天山

难得一见的雪莲花

难得的人文文化

也是避暑的好地方

我的故乡

是块神秘莫测的宝地

傍晚听见马蹄声

伴着咩咩、哞哞声

伴着朴实的谈笑声

在党的新农政策下

住楼房　抗震房

日子红红火火

民族团结亲如一家

夜晚在额吉的奶茶香味中睡得更踏实

我的故乡巴尔库勒（巴里坤）

情　人

千里之外
把那个名字揉碎
化成了一地的落伤
晶莹剔透
汇入大海
随浪花起起伏伏
一朵浪一个字
我拼尽力气想忘记
挥之不去的那个晚上
那盏灯　那颗星　那个路口
还有那个大雪天

千里之外
我头戴顶珠
站在雪域和草原之间
身披哈达　手摇经筒
把那个名字诵读百遍
做成一个无字图腾
让梵音拂去我的忧伤
马奶酒让我回回醉

千里之外
没有月的夜

很黑　很黑
那个名字已入渡口
逆流而上
我不想去打捞
仿佛看到了老额吉
在那些经幡下
守着昔日的敖包
深深地呢喃　叹息

回 眸

借一桶颜料
把它泼向四面八方
一幅水墨丹青
一幅江南雨巷
一幅帕米尔高原
一幅布达拉宫
一幅月牙泉斜斜地挂在天的尽头

飞天
黄沙滚滚
我已在画中
借一桶颜料
把它泼向爱的方向
油纸伞
旗袍秀
美人指
一把把折扇
乌篷船里走出了胭脂水粉
如落雪后的桃花
回眸
已在风中

写给金塔胡杨林

你好，胡杨
从未谋面
却一直牵挂
像梦一样缠绕着我
你那高大伟岸的身躯
倔犟地立在风中　沙漠中
一叶知秋

你掉落的第一枚叶子
一定是胡杨中最美的

我只写秋天的胡杨
满地尽带黄金甲
最美的季节
疗伤也罢　偶遇也好
那黄的静美
如行云流水
美过了朴素、安静的沙枣花
美过了富贵、妖娆的牡丹
它的金灿灿一片一片
它的美让画家们都难以下笔
它生长在蓝天、碧水之间
常常让人误以为是仙境

它的生命力顽强到坚持亿年
不朽　不腐

好想在晨钟暮鼓中去看胡杨
携秋风、秋水看胡杨的蹁跹
和爱的人在胡杨树下听弱水三千的故事
在鸳鸯湖边捡拾落叶
看秋天的凄美
在佛塔前跪拜
我梦中的金塔胡杨林

烟花过后

站在烟花过后的废墟上
满目的烟花屑
让旷野有了一抹红
芨芨草在冬眠的树林里随风摆动
风柔得像少女的微笑
我看着如同太平洋的天空
看朵朵白云欢快地嬉戏
我按住狂跳的心
举起手机把这些刹那的美
变成了永恒
天空洋洋洒洒地又飘起了雪花
我的思绪也在膨胀

透过雪花仿佛走进了远古
分不清是盛唐还是清末
不变的是驼铃声
它们用不同的文字、语言、舞蹈记载了远古
诉说着盛或衰
蒙古包，奶茶，酥油
从未改变
马头琴声声如泣如诉
篝火旁是舞动的人群
冬不拉，手鼓，二胡

黑走马,麦西来甫,双人舞
一样都不能少
它们就是石榴籽

远古的焰火升向天空
她看到了
漫天的星星
散落在银河两边
还看到了
那个弹着阿肯
跳着麦西来甫的少年
端着酥油茶向自己走来
一直走来

二零二二年的烟花
替代了远古的风
绚丽在天空
此刻的我
如若能像烟花一样
窜上无垠的天际
倾尽所能地璀璨一次
便也了无遗憾
窜得最高最美的那一束
是我,你看到了吗

写给四月的父亲

摊开四月的信纸
把杏花揉碎
用思念的笔
庄严肃穆地写下
想您,父亲
曾几何时
在落日余晖中
您,高大帅气的身影
稍纵即逝
我知道,您不想让我难过
母亲说,天堂一定很美
您才一去无返
那里有盛开的杏花
也有相思树
彼岸花常开不败

二十年的长相思
是烙在心里的那种
世事无常
人间轮回
母亲说,您已娶妻生子
从未在梦里相见
您忘记了她

我便告诉母亲
父亲不想打扰您
每当我手捧黄纸出门时
母亲总说，告诉他
我很好，勿念
母亲有几分醋意

悠悠岁月
已记不清我去看您的次数
次次在旷野里
望着坟草凄凄
望着压在你身上的那一堆黄土
我会打无数个激灵
想您的冷，冷到极致
想您变为泥土
想您已化作云烟
无处不在地保佑着您的儿孙们
也有无数个疑惑
父亲，可好
转过身便告诉母亲银河的最下面有一颗星星
就那颗忽明忽暗的
是您，父亲

黑美人

如同嵌在天空的眼睛
没有星星也闪耀
回家的路不再崎岖
它的叶　纹路清晰
不再迷失自我
一串串晶莹剔透
酒杯里的风情万种
遗落在大漠里的钻石

酥油茶　马头琴
转动了所有的佛塔
黑美人挂在暮色里
恰似一个醉酒的少妇
在不近不远处回眸
我抓了一把轮回
雪莲逆天而生
静静地矗立在辽阔里
红尘几度
终回梦里
黑美人　犹如历经沧桑的时光美人
在我的诗行里静静地守候

枯萎的玫瑰

在百花凋谢时
你一样也逃不掉
如同河水会干枯
冰雪会融化
流年浅唱
花落于过往的岁月里
见过日出，见过日落
见过你的盛世年华

轮回的影子
总是徘徊在我左右
想放下又挣不脱
牵牵绊绊
终于有了秋雨
落叶随风飘荡
雨滴像串串泪花
滚落又汇成溪流
仿佛爱被卷起，旋转奔放
南归的大雁已是竭尽全力
星星永远都不会散落

秋将尽
寒风已蔓延旅行

|长天长生|亲吻我血脉里的这片土地

再名贵的花儿也都纷纷谢幕
只是它们都忘记了来时的路
正如美丽的蝴蝶也失了意
此时我多想借一刻光阴
缓缓地带着温暖的记忆
拾级而上
残烛泪，青苔迹
我还想用文字记录它的苦与悲
回眸，枯萎的玫瑰已被高高挂起

打捞我的记忆

喜欢这夜色朦胧
风　静得出奇
天空挂着几颗调皮的小星星
月亮不语却踽踽独行
依窗而坐
静静地看着空旷的小区
没有一丁点儿的杂音
静默已使人疲惫
我懂风的低鸣
夜的惆怅

乌鸦的鸣叫声
翻过了几座山
秋蝉的欲言又止
默默地转身离开
寒风把秋天卷起又放下
最想把那枚叶
偷偷地藏进我最美的诗行
我使劲想拨开云雾
我还想驰骋草原
去打捞我封存的记忆

老 屋

残阳暖暖地照着老屋
被岁月侵蚀得满身伤痕
留下了大把的记忆
也有睡不醒还想睡的童年
更有兄妹五人的喜怒哀乐
天空　依旧是彩虹
轮回之间
看雪雨后跳出的那一抹红

童年的冬天肆意妄为
大地是裂缝的
雪是齐腰深的
穿着毡靴踩在雪地上
发出咯吱咯吱的声音
犹如C大调的音符
在美人纤纤十指下娓娓道来
再回首
老屋在现代化的建筑中是孤独的、无助的
默默地散发着它发了霉的欢声笑语

老屋有很多的影子
唯独我的碎了一地
想拼都拼不起来

|"美丽的新疆我的家"系列丛书|

我失望地抽身离去
雨中留下了我变瘦的足迹
回望父亲的影子依着落日悠长
我的小手仍然牵着父亲的大手

落笔写铅

落笔写下铅华
蹚过河流　迈向草原
有风拂过我的白发
用芨芨草把诗行写进我脸颊的褶皱里
听落叶簌簌作响
看层林尽染朝阳　微光
我继续穿梭在文字里
写大海　写日出
写炊烟袅袅

夜幕降临
我点亮了酥油灯
一盏　两盏……
把月光装进酒杯
用文火慢慢地炖
窗外飘来沙枣花的沁香
流星划过
苍生安然
回眸　醉酒的安达策马扬鞭
以石击石绝尘而去
留下了串串蹄印
以西　以南　以东　以北
再也听不到雄鸡的鸣叫声

我在沙漠里写荷

一滴水都没有
一棵草也没有
唯一的骆驼刺也是干的、枯黄的
牛粪也是干的
包括石子和土壤
整个苍穹也是

我在乱石缝里找蚂蚁
一只都没有
热浪一波一波向我涌来
窒息使我喘不过气
一只白兔从我眼前飘过
留下了一些很美的兔毛
天空飞来一只老鹰
直勾勾地扑向我
四目相对
老鹰一个趔趄

我属于草原、戈壁、沙漠
把心掏出来晒晒
再缝缝补补
乌鸦来了又走
我挣扎着匍匐向前

海市蜃楼魔幻般地移动
唇已干裂
在风沙中听到了皮肤炸开的声音
我继续爬行
远处传来鸟鸣的声音
看到了一片荷塘
花开得正好
拼了命地滚进去
身后飞起了无数的水花

诗与酒

昨晚我喝酒了
没有李白
没有仓央嘉措
只有一群为诗而歌的人

没有夜光杯
没有马奶酒
没有风情万种的琼浆玉液
有的是纯酿的麦子酒
酒香美唇

迷离的眼神
酒杯里飞出了最美的诗行
渲染了一群爱诗的美人
马头琴声缓缓响起

一个男人

落日随着他的影子越来越瘦
一颗草籽
无意落在了他的发梢
他手里的菜兜越来越沉
他腾出一只手扶了扶挂在鼻梁上的眼镜
疲惫地走向那扇有他希望的大门

看着冰冷的厨房
他抖了抖身上的灰尘
熟练地煮饭、炒菜
房间里弥漫了温暖和香味
他开心地推开儿子的房间
台灯下是儿子整齐的作业
床上是儿子熟睡的小脸

追寻野人谷

追寻你
踏着千万年的足迹
在口子村的深处
穿越一些古旧荒村
一座座大大小小
密密麻麻的石窟
一层一层的佛像、佛龛与洞穴相连
有的山体像苍鹰
有的洞穴像骷髅

追寻你
踏着千万年的足迹
有盘古开天地的宏伟
还有一个美丽的传说
牧马人和牧羊女
情定口子村
一夜风沙过后
牧羊女和她的羊群消失了
从此便多了一座座层层叠叠的怪石山
还有那个守望洞口的身影

渴 望

一声哀嚎
穿过天际
是我灵魂的呐喊
我倒在了沼泽的边缘
想挣扎、站立
却越陷越深
我的声音在旷野里
似蜻蜓点水
喉咙沙哑

乌鸦在头顶盘旋
鸣叫　兴奋
视我为佳肴
虎视眈眈地盯着我
我恐惧地缩着脑袋
幻想着驼铃声
马奶酒

红鬃马

一匹红鬃马
一副祖传的马鞍
一条镶着蓝宝石的马鞭
一个褡裢
是哦伯各①的全部
在草原
在冰川
褡裢就是百宝箱
万能的酥油茶
可照明　治病
马奶酒可充饥
可御寒
哦伯各走遍天下都不怕

哦伯各的眼睛比鹰眼还犀利
入侵者败在了红鬃马的铁蹄下
狼烟　烽燧
在夜光杯里熠熠生辉
草原的夜那么静那么美
额么个②手持经筒注视着远方
微风吹动发辫

---

① 蒙古语，指爷爷。
② 蒙古语，指奶奶。

她是哦伯各的图腾
鸟鸣了
花开了
草原上的毡房一座又一座
红鬃马一声嘶吼
褡裢里飞出了雪莲花

跪 拜

焚香在敖包
把心放在风中
对着秃鹫说
长生天护佑你
你手捧经书
在烟雾缭绕中呢喃
我转着经筒
望向秃鹫落下的地方

家乡在我嘴里

一匹脱缰的野马
起伏不定地在旷野里奔跑
窗外的地图划过我的眼帘
又见童年、少年、中年
眼泪击穿了我的眼眸
父亲,母亲,子女
早已变成了我的图腾

诗歌,文字,河流
透过隧道光芒四射
雪落无声
一片又一片
在苍茫里与你共白头
一壶马奶酒把家乡含在嘴里
我策马扬鞭

听风哭的声音

千万次问自己
还是那个梦
始终没变
清晨的阳光正好
慵懒地照在枝头上
小鸟惊恐地张着眼睛
云朵顽皮地嬉戏
一声鸟鸣划过天空

雪莲花开得很美
孤独地在岩壁上摇曳
巴特的脚步停了又停
伴着细碎的雪向山下移动
听风哭的声音
看枯叶在雪中乱飞
乌兰的长发梳了又梳
马蹄声越来越近

额吉的祈祷

压住
使劲压住那个即将爆发的声音
分辨不出是男是女
是人还是兽
远处有狼的痕迹
折射出骇人的绿光

阿布的马鞭使狼闻风丧胆
马的嘶鸣声回荡在山林里
惊醒了一些山风
惊醒了一些雪崩
毡房里传出马头琴声
额吉在篝火旁默默祈祷

额 吉

额吉低头弯腰
在太阳底下摆弄着牛粪
时而抬头看看天
时而看向她摞起的牛粪墙
草原的天空很蓝很蓝
小绵羊似的云彩尽情地翻滚着
毡房里肉香扑鼻
温暖如春

额吉的头发像雪山
皱纹像松林层层叠叠
也挡不住她慈祥的容颜
空旷的草原
偶有几缕炊烟飘浮
狼群在额吉执着的目光下远去
马头琴再也弹不回阿布的身影

我的老屋

老屋还是被拆掉了。遗憾的是，没有通知我们再去看它最后一眼。那里是我的出生地，是我成长的地方，是有父亲、母亲味道的家，有我们兄弟姐妹五个的成长经历。

从我记事起，就很少见到母亲，母亲好比扶风弱柳，是个美人。但她身体不好，经常住院，家里药成箱成箱地摆放着。

父亲是个木匠，远近闻名。父亲没有文化，但是悟性很高，做棺材一绝。十里八乡家里有老人的，都会请父亲去做，有时候他们也会把材料送到我家里来，从小我们都是听着锯子、刨子、凿子的声音长大的。我非常喜欢刨子推过木板后，会出来长长的、薄薄的、卷成一卷一卷的物体，我们叫它"刨花"，上面的纹路也非常漂亮，我和我的发小常常拿来当辫子玩。

寒来暑往，我家院子里经常摆放着做好的棺材，我也经常在棺材里睡觉和小朋友们藏猫猫，回回都是我赢，因为他们都怕棺材。

记得小时候，父亲有一条哈萨克族朋友送的马鞭，非常精致，都是用纯牛皮做的，打人也是特别疼。有一次不知道因为啥原因，父亲用他的马鞭把我和弟弟一顿抽，我俩身上起了好多红血印，我和弟弟恨得不得了，商量了好几天，最后决定在一个小杂物间挖了一个大坑，从此便没了马鞭。父亲曾疯狂地找过，但我们咬死没见过。长大后我和弟弟一起去挖那个地方，可是什么东西都没有，奇怪的是一点痕迹都没有。

上小学了，只要放学早一点我便被母亲撵去挖猪草，我和二姐一人挎一个筐子，走到很远很远的地方，那里有大片大片的麦子、豌豆，也有少量的油菜花。麦子的香味是我一生的回忆；豌豆花，小小的、紫色的、白色的，让我痴迷；黄得发金的油菜花醉倒了一只又一只蝴蝶……我深爱着这片土地。

我们玩够了，猪草还没有挖够一满筐，咋办？和二姐商量好等夕阳落尽时再

|"美丽的新疆我的家"系列丛书|

进家,把猪草使劲地抖呀抖,抖得都能数清楚几棵,快速地跑向猪圈,边大声喊母亲,边倒进猪食槽内,就这样骗了母亲一次又一次。

那个年代,一家七口,生活全靠父亲一人挣工分,常常是吃了上顿没下顿的,但我们也是其乐融融。

小时候巴里坤的冬天特别的冷,冷得大地都是裂开缝的,有时候雪下得早起都推不开门,我们更是不敢乱窜,放学就乖乖地待在温暖的房间里看书写字,偶尔也看母亲绣花。母亲绣的蝴蝶是飞出来的,是挂在花瓣上的。到了晚上,父亲会把土豆洗干净堆在炉子上,扣一个瓷盆,不一会儿,土豆特有的香味就散发出来了。炉盖上也丝丝地冒着土豆蒸熟的声音,掀开扣的盆子,土豆皮被烤得开了花,全家人的笑声穿越天山久久回荡,诠释了真正的烟火人间。

我们慢慢地从老屋长大,慢慢地从老屋走向辽阔,离开了父亲、母亲,慢慢地父亲又从老屋永远地离开。慢慢地,再也没有听到过刨子、锯子、凿子的声音;慢慢地我们也渐渐地变老。

悠悠岁月依然在不紧不慢中度过,留下的不仅仅是老屋的沧桑,更多的是我们的回忆。如今老屋随着拆迁轰然倒塌,如一阵风带走了所有,我从此便没有了娘家。不知道父亲您想家了,又该去哪里呢?

半杯桑葚

今年的五月,似热非热,天空雾蒙蒙的,马路边的树叶无精打采的。这却是桑葚成熟的最佳季节,微风里都好像有桑葚的味道。可它远离闹市,我们很难一见。

下班了,同事给了我半纸杯桑葚,看着粒粒饱满的紫色桑葚,一粒粒乖乖地躺在杯子里,感觉咬一口,它的汁液都会喷涌而出。我迫不及待地抓起一粒放进嘴里,果然是果汁爆满,似一股清流汇入我的味蕾。

我的鼻子突然有点发酸,道了声谢谢,端起纸杯快步走向车站。

我是做销售的,工作压力大,熬时间,无暇顾及身边的花花草草,想看的时候花已经谢了,再想看的时候已是寒冷的冬天,更别说远在郊区的桑葚了。

我小心翼翼地端了一路的纸杯,任凭公交车左晃右晃,回到家和往常一样,跟母亲打了招呼,把手中的纸杯放在母亲跟前,告诉母亲这是同事给的新鲜的桑葚:"您尝尝,我去换衣服。"母亲颤颤巍巍地拿起一粒,迎着从窗户透进来的夕阳往嘴里送了一粒:"哎呀,真甜,好几年都没有吃桑葚了,还真好吃,还是那个味。"

是啊!疫情早都过去了,一切都回归正常,烟火气息更浓更旺。

母亲的身体已经是半自理,我们无法与病痛抗拒,只能眼睁睁看着母亲日渐憔悴。没有华佗再世,我们也不是医生,只能尽力而为。此时此刻,看着母亲吃得津津有味,拿着空纸杯的我怔怔地站在那里。

母亲的母亲

姥姥是甘肃张掖人，在她八岁的时候，因为贫穷，被她的亲生父母卖了。几经辗转最后被巴里坤一户郭姓人家买了，是从骆驼客手里买回来的，做童养媳，那一年她九岁。

姥姥是小脚，小时候的我，总感觉姥姥走路在晃，往前走一步，再往后退一步，可姥姥总说她走得很稳，不妨碍做事。也是，不然她怎么能死里逃生呢？

姥姥一辈子很要强，也遭了很多罪，记得我小时候总爱问姥姥的脚咋长那样，像个粽子，姥姥就说："娃，旧社会的人坏得很，她们不让女娃娃的脚长大，就想办法把她们的脚裹起来不让长，把自家的门槛底下掏两个洞，专门给女娃娃缠脚用，不掏洞娃娃们会乱踢乱动，有了洞把娃娃的两只脚塞进去，再压上东西，想动都动不了！土房子掏洞很容易。他们把没用的衣服或者布撕成一寸宽的条状用水沾湿，再把脚指头按到脚心里，把湿布紧紧地缠在脚上，疼得人撕心裂肺。"姥姥接着说，"没人管你的死活，地都被我用手挖了个坑，能挺住的才能活下来。为了给女娃娃裹脚，不知道死了多少娃娃。还都重男轻女，我喊破喉咙都没有人救我。家家户户都那样，惨叫声此起彼伏。"我似懂非懂，但泪水不知为何盈满了我的眼眶。就这样，太姥爷还嫌弃姥姥，总欺负她，让她干很多的活，还不让她上桌吃饭。

那个年代是乱世，姥爷十几岁的时候被抓去当了壮丁，一走就是几年，杳无音信，就在太姥爷他们失望时，姥爷跟着一队骆驼客跑回来了，姥姥也有了希望，太姥爷给姥爷压完惊，过了一阵子，便让姥爷、姥姥圆房了。

太姥爷是个有勇有谋的人，治家有方，家底挺殷实，那个年代都是一大家子生活在一起。姥爷那代人，好像是哥仨和四个姑姥姥，后来被送走了俩。姥爷是老大，有个二爷爷过继给另外一个太爷爷做儿子去了，跟前还有一个三姥爷。三姥爷老实本分，也是最小的，没听说遭过罪。三姥姥是本地人家的，门当户对，太姥爷就喜欢他们一家子，不喜欢姥姥，处处挑姥姥的理。可怜姥姥举目无亲，姥爷从来

不敢替姥姥发声，没有靠山、没有底气，只能默默地承受着，稍有不慎，太姥爷还动手打她呢！我想不明白，那个年代的人为何连自己的媳妇都保护不了。

姥姥一共生了六个孩子，姥姥凭着她的三寸金莲伺候着一家十几口人吃喝拉撒。直到大舅上完学参加了工作，太姥爷才不敢再找茬了，算得上是母凭子贵，姥姥也终于扬眉吐气了。渐渐地舅舅们都长大了，太姥爷因衰老去世，姥姥、姥爷和三姥爷他们也分家各过各的日子了，姥爷虽然老实但是更能吃苦，姥姥也很能干，把日子过得好好的。舅舅们都娶了媳妇，母亲和小姨也有了各自的家庭。

大舅是个领导，思路开阔，就一直劝姥姥回甘肃张掖看看，还有没有娘家人。政策也好了，条件也允许了，但姥姥始终不想去。而今，全国解放了，新中国都成立了这么些年，她的父母都没有来新疆找找她，看看她是否还活着，这让姥姥有太多的恨。姥姥不认识字，但是她得体、大方、善良，两只大大的眼睛始终藏着惊恐和不安。最终还是被几个舅舅说通了，为了不让姥姥在以后留遗憾，大舅带着姥姥去了甘肃张掖，寻根问祖去了。那是姥姥人生中第一次出门，并且是趟远门，正如儿时的姥姥被卖的时候，也是一趟远门。

姥姥几乎不提往事，那是她心里的伤疤。我小时候话多，在我的记忆里姥姥一直是一身黑色衣裤，就是民国时期带盘扣的那种，一头白发永远整齐地盘在脑后，那气质也是杠杠的。

没几天，大舅便带着姥姥回来了，交通方便了，地域根本就不是问题。姥姥来时是坐的骆驼，现在回去是坐的火车，今非昔比啊！我那个时候小，不知道跟姥姥深聊的，只听母亲说，还巧了，姥姥她们到了张掖，一打听，很快便找到了姥姥的娘家，家里好像没有什么人了，兄弟姐妹们都不在了，只有一个侄儿和媳妇一家子，生活也很清苦。姥姥也不习惯那里的一切，她不想再看到那个有她噩梦的地方，不想再听到她撕心裂肺的喊叫声，更不想再看到她冷血的父母。她原本都忘记了，但她的记忆在她家的旧址上开始复活了，往事一幕幕重新浮现在脑海，她看到了自己哭喊着被人拖上骆驼的那一刻，她怨恨地看着风中面无表情的父母，不挣扎了，也不哭了，小小的她好像突然懂了什么。

姥姥在她侄子的带领下去祭奠了她的父母，她跪了，也哭了，她并不想知道他们是怎么不在的，不想知道他们的一切，她踮着小脚跪下算是感谢他们给了她生命，她哭了，是恨他们让她受尽了人间苦难。如果不是新中国成立，如果不是她的孩子们长大，她真的不敢想象……我想，在那个吃人的旧社会，她的父母卖了她，也许对她是好事，至少姥姥的后半生是幸福的，但在姥姥的心里会是怎么想，我不得而知，往后姥姥再也没有提过甘肃张掖的事。

再到后来，我也长大了，远嫁了，偶尔回娘家，第一件事就是去看姥姥。跟小时候一样，一去先给姥姥洗洗刷刷，姥姥很爱干净的，然后吃顿姥姥亲手做的饭，姥姥还是踮着小脚，一步前一步后的，动作更缓慢了，那个时候姥姥都快九十岁了。姥姥做饭很香，这个可能得感谢太姥爷了。

巴里坤是个山清水秀的好地方，牛羊肥美，民风淳朴，除了太姥爷是姥姥的噩梦外，其他都好。姥姥的晚年很是幸福，儿孙满堂，每逢佳节门庭若市，吃饭都得好几桌。姥姥真的很干净，身上没有一点点的老人味，母亲离得近，我们都成家了以后，洗洗刷刷的事就由母亲和父亲来做了。可能是生活已经让姥姥吃尽了苦头，所以姥姥的身体很好，没有经受过病痛的折磨，她归位的时候，也是所有器官自然衰竭。记得母亲说，姥姥走的时候心里清楚，那个月总是睡觉，睡不醒的那种，舅舅们也觉得情况不好，都轮班值守。姥姥已经不太能说话了，那天母亲在姥姥家，和舅舅们聊着天，突然姥姥伸手拽母亲的衣服，然后吃力地指指自己的头和衣服，母亲瞬间明白姥姥让她给自己换衣服呢。母亲和舅舅们，把早就准备好的寿衣，顺顺利利地给姥姥换好，洗漱妥当，姥姥挥挥手，让他们都出去，她要安安静静地走。

就这样，姥姥走完了她传奇而又坎坷的一生。

萨 仁

很久以前,在广袤的草原上,有一个古老的游牧部落,他们的祖先瓦剌族从大草原的深处迁徙至此,在这片土地上繁衍生息。他们信奉天地神灵,祈祷风调雨顺,祈祷子孙平安。

部落中有一个传奇女子,她的名字叫萨仁。萨仁是草原上的一位女神,她美丽、智慧,是部落中的领袖(萨满)。她不仅要操持家务,还要带领部落成员狩猎、放牧,维持部落的生计。

草原上的天气变化无常,有时会遇到沙尘暴、干旱、雪崩、狼灾等自然灾害。萨仁在祈祷的同时,也担心着部落成员的安危。为了保护部落,萨仁在部落中倡导团结、友爱,只要有外来人进入部落,萨仁就会组织大家在篝火旁载歌载舞,吃手把肉,喝马奶酒,拉马头琴,举行欢迎仪式,让他们感受到部落的温暖,也以此壮大自己的部落。

在萨仁的带领下,部落逐渐走向繁荣昌盛,部落中的所有人都不会离开部落。他们从事狩猎、农耕,与萨仁一起共守部落。但是,岁月无情,萨仁已经慢慢变老,她的健康也开始出现问题。萨仁的祈祷声越来越弱,她需要更多的力量来保护部落。

部落中突然出现了一匹白马,它的身上有七彩的光芒。萨仁欣喜若狂,她知道这是天地神灵的指引,神马的降临,将会使部落风调雨顺、欣欣向荣。

几天后,部落中出现了丰收的场景,草原上的一切都变得更加美好。萨仁的祈祷得到了回应,她欣慰地闭上了眼睛。但是,萨仁的祈祷并没有结束,她希望部落中的每个人都能够平安幸福。从此以后,萨仁的祈祷声一直回荡在草原上,成为草原上最动听的歌谣。

贰 美丽的天山脚下

看新星　写新星　读新星

轻轻地我来了
嗅着远古的风
听前辈们的历史
看影视，看小说
屯垦戍边　深深地刻在我的脑海里
我无法想象先烈们的艰辛
但现在看到的是
沧海变桑田

轻轻地我来了
看，被红星渠灌溉的万亩棉田
让世界认识了一个名字——新疆棉
林立高楼大厦
红星人的笑脸如升起的太阳
用葡萄、杏、哈密瓜串成一首首赞歌
在辽阔里尽情地唱响
用前辈们的鲜血谱写出一座座历史的丰碑

轻轻地我来了
看今朝　忆往昔
新星展览馆里有先烈们的忠魂
"星二代"们继续奋斗在星星的土地上
用他们的智慧、勤劳把新星建设得更加辉煌

| "美丽的新疆我的家" 系列丛书 |

地窝子成了永不消逝的纪念
在夕阳下熠熠生辉
啊！看新星，写新星，读新星
一代又一代的新星人

我在四月写火箭

夜幕下
一片璀璨
满天的星星像粒粒钻石
宽敞舒适的马路
四通八达
郁金香在发芽、在开花
芍药、牡丹让这里锦上添花
它是用先烈的血液浇灌过的

屯垦戍边
血染风采
万亩棉田碧波荡漾
拔地而起的高楼大厦
向人们历数着火箭的辉煌
麦芒里有"火箭人"的辛劳
苞米秆子就是"火箭人"的脊梁
历史的丰碑上也重重地刻下了:"火箭人"

东天山下的琴声

曾几何时
恋上了东天山
那里有蓝色的
绸缎般的天空
有一群群撒着欢的牛羊
有肥美的水草
有拿着套马杆的汉子
有像极了江南油纸伞的蒙古包
有美丽姑娘塔娜
有呼吸了让人忘记烦恼的空气
有让你喝了就年轻的山泉水

彩蝶纷飞
像极了一个世外桃源
傍晚炊烟袅袅
篝火通红
好多个巴特尔
好多个塔娜
在蒙古筝的伴奏下
欢快地跳着吉祥舞
只见他们彩裙飞舞
环佩叮当长发飘飘
疑似仙女下凡

用他们独有的歌喉
在空旷的草地上
唱着幸福　唱着美满
让空灵的万物穿越时空

此时的月亮
斜斜地挂在天的中央
剩下了满天的星星和蛙鸣声
远处传来了
哀婉低沉的马头琴声
是巴特尔思念
另一个塔娜的曲子
它穿越了整个东天山
游走在雪莲花的叶子上

美丽的天山脚下

在美丽的天山脚下
在绿荫深处
有杏花儿开、桃花儿红
有蓝天和白云
有牧羊女和守夜人

在美丽的天山脚下
有我们勤劳善良的各族人民
用他们幸福的汗水浇灌着厚重的天山土地
用他们勤劳的双手培育着天山儿女
啊！我美丽的家乡

在美丽的天山脚下
在绿荫深处
有一所培育雏鹰的地方
是天山儿女起飞的地方
也是一潭智慧之泉

在美丽的天山脚下
你厚德博学
肩负着我们民族的希望
引领着颗颗童心
在闪闪的星光大道上让我们放飞梦想
啊！我美丽的家乡

追梦口子村

走进口子村
仿佛回到了盛唐
一群群美人怀抱琵琶
在桃花树下
杏花树下
载歌载舞
歌声里有她们的希望
舞姿里有太平盛世
更有她们挂在树上的爱情

走进口子村
仿佛置身于匈奴时代
有牧场,有水草
有牛、羊、马
牧羊女手持马鞭
驰骋在牧场
羊群如颗颗珍珠嵌在天际
阿哥在桃花源里与蝶共舞
马奶酒醉倒了大漠可汗

走进口子村
一片祥和
在春风的沐浴下

收回了远古的烽燧
到处充满了四季牧歌
桃花树下
杏花树下
汉服飘飘
我舞出一曲《盛世·东归》

那个摇橹人的背影

路过秋的树林
顺手摘下来一片黄叶
透过叶子我看到了皓月当空
看到了我思念的芬芳
今夜有你陪伴
丰富了我的整个人生
品了酒
让我思绪翩翩

叹息生命的种子埋错了方向
不知在那个十字路口
你是否还用那个瘦的影子在期盼
在那个拐角处
是否看到了滔滔大海
在茫茫的星空
埋葬了所有的青春
曾经,问天,问地
都已化作尘土

悲凉是从心底涌出的
那个轮廓渐行渐远
偶尔像风一样穿越云层
直抵我的心脏

化了霜不再有血
一生一世的回眸
还是一生一世

都说十六的月亮很圆
我却看到了十五的月亮
在海上徐徐升起
那座山
那片海
那条船
那个摇橹的人
连同他的背影
倒映在海水里
终究被海浪打得稀碎
用手机定格了刹那间
却没有捞出那轮属于我的明月

只为那一日的回眸

那一日,如果没有回眸
没有看到你眼睛里的那个影子
也许就没有后来
没有后来
就不会有心痛

不想做那棵大树
不想一半阴凉
只想在阳光下裸露
暴晒
晒干那个执着的念想
晒干那个影子
晒干最后一滴泪
直至大脑

抹平记忆,抚慰伤痛
微风吹落了荷叶上的露滴
吹散了窃窃私语的蝉
乌云滚滚而来
带走了无根的菩提
荷,在风中摇曳
余晖里蝶戏荷
千娇百媚

惊艳了整个夜空
蝉扶着影子来了
所谓,情路漫漫其修远兮

那一日,如果不是一句"好久不见"
爱,已被封心
暖风阵阵吹来
我依然是那棵想暴晒的大树
在凡尘中纷纷扰扰
我的叶子只为你开
在缘聚缘散中
为你守候
只为那一日的回眸

我　只敬我自己

在年龄的十字路口
我尴尬地虚伪着
本想用长发来掩饰岁月的痕迹
怎奈青丝已泛白
揪一把桑叶
想抹平眼角的褶皱
却已被刻入无情的岁月之中
跳跃的还是那颗不变的心
风雨兼程
飘零的树叶在唱一首忧伤的歌

没有岁月愿意回头
只能敬往事一杯酒
看着成了回忆的往事
往事便也成了永远
在风中　在宇宙
在天的那边
呼唤了无数次
候鸟都已归巢
你是否还在那个站台
秋雨打落了所有的花瓣
片片倩影随风而逝
花落又知多少

把枫叶嵌在天空
便成了流星雨
好美　好美
美丽的枫叶　美丽的天空
美丽的柔软的笑脸
像一滴滴银露洒向人间
让落叶成了秋的故事
浮尘成了过往
依然没有岁月可以回头
记住往事
隐藏在每一颗星星的背后
在春夏秋冬的路上
把年龄熬成了忘情酒
我　只敬我自己
你　随意

芽

突然觉得一只脚踏进了春天
却听到了芽的哭声
舍不得雪的消融
舍不得那身洁白的霓裳
舍不得那一叶枯树

芽的绿已冒出了枝头
让凄凉的旷野瞬间有了生机
把这良辰美景锁在了心间
写进了那页最美的诗行
分享给最爱的人
我写他读
他却泼墨
成了世间最美的一幅画

垂 柳

轮回了半个世纪
没有看到那个影子
很远很远的
模糊了视线
都是三月惹的祸
用了删除键
却无法让它归零
字是刻上去的
爱,也是刻上去的
想起就痛

风起云涌
杵在窗前静等花开
在思念里
北方有了一片红
垂柳真的绿了

你的世界我来过

认识你就像春天的风
柔且烈
在刹那间的回眸里
举杯凝望
看到了火山喷发的点
迷离了很多年的眼神
像激光穿透了北极的冰川
又似在红尘中轮回

晃动酒杯
这一世,我们终于邂逅了
在那个暖暖的落日余晖中
我的唇上留下了你的齿痕
那是莲开在菩提上的美
那是旷世的甘甜
那才是爱情

挽起长发
从此便在河里行走
像极了苦行僧
唯有回忆常伴
时常对着天空
念念有词

让思念跋山涉水
让执着去转动那个万能的经筒
对着长生天
我身披洁白的哈达
把蔚蓝献给天际
磕长头,只为你祈福
来便是缘,去便是孽
扯一片薄云
把心带走
缘聚缘散终有别
来时像风又像雨
如果菩提再度开花
就让我们把酒相拥
用尽世上最华丽的辞藻
告诉你,你的世界我来过

等你是我暮年的期盼

午夜的雨
惊醒了我的梦
摇落了一地的桃花
我想你了,你肯定知道
恍惚中,你手握一捧花瓣
在四月的嫩芽里
缓缓地向我走来
你用吴侬软语
唤醒着我爱的细胞
让我重拾爱情
让我的思念再度膨胀
时间　你慢一些
再慢一些
让你拥我入怀
共饮我尘封了十年的老酒
我们再醉一次

在慢的时光里
落花与雨还是落伤
隔着一帘幽梦
我看不清你迷离的眼眸
是爱,还是无奈
是顾虑,还是忧伤

| "美丽的新疆我的家" 系列丛书 |

我只知道
我把酒揉搓成了思念的长河
把期盼变成了流年
你的影子始终蜗居在我的心底
放下谈何容易
无论你是对还是错
都是我舌根底下的永恒

在菩提上行走
希望我是那朵盛开的莲
相遇本就是一场爱的修行
爱，却在浮世三千中璀璨着
正如，我用桃花酿酒
不求三生三世
不求一起赏月看日出
逢雪与雨
一句暖心的话
便是一世的晴天
又是烟雨蒙蒙
夜色撩人的唯美
隔空邀你一起举杯
共饮桃花酒
梦里，用我的深情对你说
等你，是我暮年的期盼

我的爱人,可好

打今儿起
我把思念揉了又揉
晒了又晒
把它别在了我的发簪里
长出了一抹红
与长发做伴
耳鬓厮磨
用梳子引路
在天涯海角
用暖风筑巢
用星辰大海做床
打开我的诗和远方
就着星星诵读
我的爱人,可好

在一本旧的书里
拼凑出了你的名字
用荷叶的露滴滋养你的容颜
用江南的油纸伞
给你遮风挡雨
用我的文字把你供养
上一世我们擦肩而过
在花开花落的流年里

扶你上云端
今生我们又一别两宽
我只好把你合在我的诗页里
来世如果能再相逢
我一定在云的末端
打开我的诗行
让你做我的参天大树
我的爱人，可好

你可知否

其实我的每一首诗
都是因你而写
每一个故事也因你而生
你可知否
更不知你是否翻看我的朋友圈
是否首首用心阅读
又或是一种什么样的心境
是忽略,是湿了你的眼眸
又会用什么样的情绪去读呢?

我还想用文字
写给你一世的荣华好让你风流倜傥
穿越唐诗宋词
穿越戈壁沙漠
然后来到我的身边
即使我不能拥抱你
也能在我的诗行里
看到你吻过我的样子
在滚滚红尘里我们皆是过客

一直都在用我的思念
写下与你的篇篇花絮
这些诗歌有长有短

短的只是惊鸿一瞥

长的想和你共度往后余生

春夏秋冬是你

白天黑夜是你

从此岸到彼岸

倘若在旧的时光里

可以和你

一起看风起云涌

继续为你写诗

肌肤凝雪长发三尺

我心不变

只想让你在我的文字里一尘不染

且有胡杨的豪迈

也有戈壁沙漠的温婉

有仓央嘉措的深情

亦有陆游的思念

光阴荏苒了流年

在这个滚滚红尘里

你住在我心里

远方有我的诗海

继续为你写诗

想把你写成孩子

用诗人的情怀写

写你的童真

写你的欲言又止

用真诚的文字

把你我写进永恒

继续为你写诗

让你的灵魂丰富我的余生

保留这些诗句

一半让它惊艳时光

一半温暖岁月

让你我在诗歌里畅游

让红尘做伴

把诗歌藏进我的发髻里

让你在我的长发里饱读我的诗书

享受我在诗歌里对你的爱

你可知否

等一场心灵的邂逅

曾经沧海难为水

不喜欢看日落黄昏

把日出定上闹钟

我不想老去

不想看夕阳

慢慢地　我学会了等待

把白发等成青丝

把年轮减了又减

还是遮盖不了满眼的沧桑

遮盖不了凸起的双眼

我知道我一直在等

从春到夏

从秋到冬

枫叶红了又落

始终未能等到

我深知这样的等

是遥远的、漫长的

可我愿意等

等一场心灵的邂逅

最终让自己和温暖重逢

在恋恋红尘中等你

我在天山脚下
喝着雪莲花酿的山泉水
沐浴着大自然独有的风
温暖的太阳光洒在慵懒的草地上
不知名的花花草草在嬉戏
马莲花静静地开放着
叮咚叮咚的山泉清澈蜿蜒
放眼望去,羊儿像天空掉落的星星
牛儿、马儿悠闲地甩着尾巴
啃食着嫩绿的青草

我在想
我已慢慢地老去
想着步履蹒跚的身影
穿梭在四季的豌豆花里
一直想透过云的缝隙
想看看你
看看你也慢慢老去的容颜
是否还能有青春的模样
怎奈你也青丝染霜
细小的褶皱出卖了你的沧桑

我在天山脚下

抬头望向苍穹
蔚蓝的天空挂着朵朵白云
悠悠地向西而行
那是日落的地方
也是思念开始的时候
我摘下一朵蒲公英
高高举起
用嘴轻轻地吹去
无数朵蒲公英四散开来
慢慢地向有你的地方飞去
我看到了你期盼的眼神
还有烈焰般的嘴唇

我在想
时光不老
花草树木不老
日月星辰不老
而我却在慢慢地变老
我不想　也不甘心
我对着山鹰大声呼唤
我不想老去……
却惊醒了正在盛开的花朵
惊飞了正在栖息的鸟儿
惊扰了西沉的夕阳
也惊醒了我红颜褪去的事实

我在天山脚下
夜幕降临

银色的月光洒满了天际
风吹草动是那么的美
牛儿、马儿、羊儿都已归巢
蒙古包已是炊烟袅袅
篝火四起
我微笑地看着你
你从远方信步而来
我还看见了洁白的哈达
和着经筒
慢慢地转动
奶茶的香味充斥了整个天山
我张开了双臂
在恋恋红尘中等你

万水千山粽是情

又是一年粽子节
感叹时光不老
我却两鬓染霜
屈原,汨罗江
一个传奇的故事
世代相传

生活亦像粽子
被包裹得一层又一层

又是一年粽子节
每逢此时
才能把你一层层地剥开
告诉所有人你的故事
屈原
一个为坚持真理
而牺牲自己生命的人

又是一年粽子节
彩线轻缠红玉臂
小符斜挂绿云鬟
佳人相见一千年
愿你粽情悠悠
我亦万水千山粽是情

想说给星星听

你陈旧的照片
模糊又清晰
我愣了又愣
颤抖着手把你的脸抚摸了一遍又一遍
风把泪甩出去很远
在芦苇的缝隙里
我已无心去捡拾

几十年的春夏秋冬
我握紧轮回
在红尘里起起伏伏
女儿,母亲,祖母
在生活中转换着角色
让自己优雅地活着
用微笑掩饰着疲惫

记不清风干了多少玫瑰
但它永恒不变的味道
是刻在骨子里的记忆
刻在心底的脉络
纵使远古的风也吹不掉
黑夜已来临
万家灯火点亮了夜空
我微笑着望向星星

湖心没有天鹅

漫步湖边
草丛里的蒲公英在偷偷地绽放
野鸭子在湖水里嬉戏
激起千层浪花
摄影师、画家、游客络绎不绝
风情的　抑郁的　僵硬的
搔首弄姿的
都落在了夕阳里
倒映在湖面就是生活的写真

芦苇在碧波荡漾的湖水里轻轻摆动
根根似天鹅的羽毛
云彩镶嵌在湖面
晚风轻轻滑过耳根
骑马的少年在草原上奔驰
姑娘摇着马鞭紧随其后
此景让我想起了
欲把西湖比西子
淡妆浓抹总相宜

大美新星市

九月　秋意温婉丰润
我与新星市不期而遇
平坦宽阔的马路
整齐别样的路灯
花卉依旧嫣然夺目
高楼林立广场绚烂
玉米　棉田　硕果累累
祥和安康，泛着华彩

一群人，一件事
一团火花
伊州区新星市文联、作协
大家拥有共同的爱好
他们拿起相机和笔
尽管文字不一样
但相同的心愿、相同的魅力
用自己的方式表达着
对祖国、对家乡、对新星的热爱
一颗心就是一粒石榴籽

用文字记录幸福美满
用眼睛捕捉美好生活
用相机把瞬间变成永恒

用不同的情怀
讴歌大美哈密
讴歌美丽新星市
让世界各地的蜜蜂都来哈密新星市
哈密有最美的胡杨林
最甜的哈密瓜
百吃不厌的馕饼子
手抓肉
还有热情的麦西来甫

适逢党的二十大
讴歌新时代
人民有信仰
国家有力量
目光所至皆为华夏
五星闪耀捍卫我盛世之中华
让我们用笔续写出
更美更好的华章
发扬胡杨精神
建设大美哈密
大美新星市
让哈密、新星市走向世界

我在金秋写哈密

百灵鸟从蓝天飞过
我爱你　中国
大雁从蓝天飞过
我更爱你　哈密
哈密不是我的出生地
我从草原来
却选择与她相依相偎
因为我喜欢她
喜欢她春天的杏
夏的宁静和缤纷
秋的不骄不躁
还有丰收的麦西来甫

从金秋的第一缕晨曦中走来
在露滴声里
欣赏着被唤醒的高楼大厦
勃勃生机
在霞光里格外耀眼
回望学校的楼顶
五星红旗迎风飘扬
映红了整个天空
哈密因瓜香而闻名世界
坎儿井　魔鬼城　回王府被载入史册

哈密有大片大片的风力发电
有温暖千家万户的棉田
哈密的好　哈密的美
哈密的丰功伟绩
用语言是表述不完的
只有你亲自来哈密
领略四季的哈密
品尝哈密的马奶酒
观赏哈密的黑走马、热瓦普、马头琴
哈密多民族像是一家人
如石榴籽一般紧紧地抱在一起

在这金秋时节
让我们用笔续写出
更美更好的篇章
永远发扬胡杨精神
把哈密建设得更美更好

你是我今生的梦

爱,像咖啡豆
又苦又涩
也像三月的风筝
忽近忽远
我如果是飞机,是船,是高铁
心,也就不那么痛了

在梦里
始终是那座望不穿的山
我没有羽毛,也没有翼
只能望山兴叹
多希望那只山鹰是你
落在山头回望
定能看到那个孤零零的我
想你的泪,已化作山泉
流向有你的地方

在梦里
山花烂漫
为你铺就了一条小路
盼你乘风归来

吻去我腮边的泪痕
拂去我眉间深深的相思
你是我今生的梦
做不完的梦

荷,落伤

在光的缝隙里
我看到了一片叶
随风落入池塘
连同我的记忆

在光的缝隙里
用脐血缝制我的伤口
用尽了力气依然飘向远方
那是晚霞里的潮起潮落

在光的缝隙里
用婆娑的眼眸找寻那朵荷
捧于掌心
在荷叶上写满落伤

眷 恋

星星有多远

你就有多远

唯有落日离我近一些

它们不会偏离轨道

晚风里

我想拥抱化成烟雨的你

你抽身离去

你的泪已浸润我的心

不想跟你说再见

你的背影成了我的永恒

挥不去　抹不掉

星星有多远

夜空就有多美

流淌在心底的温暖

如你昨日的气息

闭上眼你就是满天的星星

往返在银河与我之间

我依偎在你身旁

想用红线拴住一些记忆

欲罢还休　空留恨

永远到底有多远

让你成了我最后的眷恋

二道湖的春天

一个蓄满了天山雪水
一个厚实又艰辛的名字
承载着兵团人的历史
灌溉了大片的棉田
葡萄　大枣　树木
还有戈壁上的人民

一个从硝烟里走出来的
用它的真诚和热爱
让人民富足
四季繁荣
民族团结进步
兵地融合
开出了幸福之花

| "美丽的新疆我的家" 系列丛书 |

唇 吻

许久
你都未曾开口
指缝间却烟雾缭绕
让你有些许的兴奋
漂移不定的眼神似说非说

我默默地注视着那缕青烟
想变成它的模样
让你爱不释手
偎依在你的指缝间
留在你的唇齿间

女人花

酝酿了无数次
那颗泪终于跌落
春天来了
惊蛰也一闪而过

约好了一起看杨柳
桃花也开了
街上的女人不再臃肿
飘飘然摇曳生姿

三月的风好暖
我的长发已齐腰
玫瑰花绽放得如火如荼
蓦然回首都是红唇

桃花祭

三月　你好
这个春天如约而至
我想在桃花树下种菊
想在杨柳树下划船
把自己写成一首首诗
装订成册

三月　这个春天
我要让经筒不停地转
转出雷声　转出雨水
转出我无法言说的相思
打开发簪挽起的长发
把诗行读了又读

三月　迎来了布谷鸟的啼鸣
我要带你去蝴蝶谷
马奶酒斟满
醉了一地的桃花

静待花开时

未曾熄灭的篝火
像极了远古的烽燧
煮一杯奶茶
低吟　轻舞
把红袖抛向天空
落下便是洁白的哈达

把心放逐天涯
把辽阔调成琴弦
让大地共舞
听春芽翻过雪山的声音
我在天山脚下
静待那一树一树的花开

"美丽的新疆我的家"系列丛书

十里桃花千里雪

推开窗户
三月的风　微暖
仰望苍穹鹅毛大雪
如炉烟蒸腾
落入我脸
映入我眼
不知是哪位神仙喝多了佳酿
疯狂地把白云撕碎

花开两朵　朵朵都美
雪压桃花解纱裙
那一抹红
在夜景下熠熠生辉
千雪万红一树开

三月　你的城市下雪了
你说　她很温柔很风情
就像一个朱唇皓齿的美人
她微眯着眼把瑶池当成了床榻
把甘霖当成了琼浆
春风吹斜了她的罗纱
十里桃花千里雪

风中随想

有的花似开非开
有的花全开
比如　玉兰　杏花
正当它们妖娆登场时
一场寒流顺势而来
让它们花落无情雨

我蜷缩在沙发上
时不时地望向窗外
曼妙的柳丝胡乱地飞舞着
似乎想牵那一株桃的叶
一阵风吹来
随风起舞的是一片片落红
此时的我无能为力
望着空旷的房子
望着那最后一片红在风中无力地摇曳着

别 离

我坐在车上
眼巴巴地望向窗外
看被风吹瘦的你
挺拔的鼻梁冻得通红
被寒流肆虐过的缤纷也落了一地的白
让我想起了黛玉葬花
我泪眼婆娑

我渐行渐远
你纹丝没动
目光和车成了一条直线
一只鸟打破了这个画面
从我眼前直飞云野
再回眸
我已被天山高高托起

秋风起了

秋风起了
秋风真的起了
暮色里牧童和老牛嬉戏
稀疏的炊烟在村庄里飘来飘去
我站在老屋倒塌的瓦砾上
已嗅不出什么烟味、什么饭味了

秋风起了
叶子逐渐地在变黄
百花也在慢慢地凋零
老人们在村口聊着各自的儿女
村里依然有牛粪煮奶茶的味道
只是没有了父亲的锯子声

秋风起了
芦花开了
紫色的芦花在湖心摇曳
如同天鹅在翩翩起舞
我带着哈达走进了油菜花地
看到了梁山伯与祝英台

听　雨

某一天我坐在摇椅上
撑一把油纸伞
用雨水煮酒
饮尽前半生
把所有的心事镌刻在雨中

雨滴还在拍打着地面
我使劲地敲打着键盘
在屏幕上苦苦地找寻
那个曾经遗失的方向
雨声还在嘀嗒

丝丝缕缕如春蚕吐丝
像极了情窦初开的恋人
在雨中窃窃私语
一股晚风轻轻滑过
油纸伞被吹进了夕阳
雨还在文字里跳跃着

写给十二月

下雪了
一片片的雪花
像朵朵花蕾
是一首首思念的文
游走在许多人的年轮里
想抹掉
却已刻入骨髓
让血液封住了片刻的宁静
静等春暖花开

悠悠岁月如歌
多少个十二月
已成过往烟云
日月星辰依旧
山川异域奇丽
万物在花香鸟语里
有多少爱诞生
就有多少恨延续
人生的每一个月
都在变换着度过
十二月的风
十二月的雪
在肆虐着

|长天长生|亲吻我血脉里的这片土地

疯狂着
她是岁末
亦是万物的结果

又是一个雪花飞舞的夜
它静得出奇
又像是一个微醉的少妇
用她圆润的唇吻向天空
流星悄悄地划过
她捧起她的长发
在雪地里翩翩起舞
像极了蝙蝠
黑夜里美轮美奂
何似在人间

十二月的每一天
都是一个故事
或新或旧
或喜或悲
没有人知道
风为何痛
雪为何哭泣
只想借用十二木卡姆
弹奏一曲红尘恋歌

我真的想你了

我想你了
又想你了
想闻闻你身上的味道
想摸摸你的肌肤
想听你的呼吸声
想看你轮廓分明的脸颊
细数你身上的汗毛
在炎炎烈日里
真的想你了

你是上天派来治愈我伤痛的
一个伤痛治好了
彻底忘记了过去
我的心如同少女
遐想，好奇，浪漫
紫色的，粉色的
玫瑰挂满了小屋
用带晨露的叶
做了风铃
阳光斜斜地洒在小屋
风铃叮当，花香四溢
空气里弥漫着你的气息
那股淡淡的烟草味

那个优美的弹指一挥间
一股青烟划破了夜的宁静

我又想你了
不是因为你有多好
可我就是想你了
人世间有多少磨难
无外乎情殇
多少人陷进去
又有多少人能走出来
从远古的驼铃声声
海市蜃楼
茶马古道
莲花绕指柔
都离不开情
无意间的回眸
成了我想你的理由
我真的想你了

我用了26个字母

我喝了自己的心情
却不是滋味
也不知道什么时候
随风飘来一股味
淡淡的，柔柔的
且熟悉的
带着这股味我一路狂奔
去了天山，去了戈壁
看到了盛开的雪莲花
在冰天雪地里飞舞
看到了冰川下面的河流
清澈通透
有鱼的影子

我看到了山花烂漫
在秋天绽放
看到翻滚的朵朵白云
牛马羊成群地在绿地上撒欢
鸟鸣响彻天际

我喜欢漫步山野
偶遇哈萨克族少年
喜欢他们慵懒的眼神

潇洒的长时间不洗澡的发型
哈萨克族女孩子的美是纯朴的
羞涩的
实际上是奔放的
她们单手骑马　策马扬鞭
美得像彩虹
跟他们用生硬的哈萨克语交流
他们笑得前仰后合
我也开心地放肆地大笑
这笑声在山里一直响、一直响
把他们的笑声定格在手机里
我走着　用手机拍着
花鸟虫草无一遗漏
还不停地用26个字母敲击键盘
老鹰时不时地在我头顶盘旋
瞪大眼睛在搜索着、逡巡着
我不想成为它的美食
走到人多的地方
它也飞走了

我小时候骑过马
现在我也想骑
他们告诉我都是参加赛马会的赛马……
牧羊犬冲着我来了
我大声说你别过来
它冲着我摇摇尾巴
它真的很懂事
人有度君子之腹
万物皆有灵
愿我们都好

只那么一点点

一点点,只是一点点
秋的风
还是夏的余热
都被闪电侠给击破了
没了蝉鸣,没了麦香
雨,没来,爽约了
去了南方,肆虐横行
乱了四季
北方渴求它的
想雨露均沾……
很久了,真的很久了
闷热中带着焦虑
如同在无水的沙漠中行走
哈密有无人区,有魔鬼城
魔鬼城里有海市蜃楼
有一望无际的沙漠
也是至今无法考证的沙漠
……
哈密还有庞大的胡杨林
千年不死,死了不倒,倒了不朽
哈密还有坎儿井,震撼世界

都是民族文化的遗产
……

风轻轻地吹过
任思绪在不断地膨胀
想找回什么呢
葡萄籽里的玫瑰
还是哈密瓜里的玫瑰
还是……

致左公朴存

一个七旬老翁
率领一群湘军
远离故土抬棺西进
黄沙漫漫无前路
一路向西、向西
越过沼泽
沿着祁连山收复肃州
忍受丧子之痛
千回百转来到哈密
屯垦,栽柳,平叛乱
西域的星星是一堆堆篝火
太阳便是长生天
他用狼的思维指挥战斗
用鹰一样的眼睛
俯视着西域大地

一句"不复新疆誓不还"
让他走遍了大漠、雪山、戈壁
他不懂民俗民风
却能把各民族团结起来
一起打击阿古柏
捍卫我泱泱疆域
七旬老翁

|长天长生|亲吻我血脉里的这片土地

脚踏苍穹
用智慧改变了西域
他像雄鹰一样把西域护佑在铁一样的羽翼下
从此西域在历史的长河中便成了新疆
左公,你永留青史

喀什之旅

长这么大，第一次做主来了一场说走就走的旅行，目的地——喀什。一路上别提有多开心了，激动得都睡不着觉，满脑子都是香妃和她的蝴蝶。

火车在绵延不绝的铁道上晃晃荡荡了十几个小时，终于抵达喀什火车站，随着人流我们迫不及待地出站，一股别样的气息扑面而来。车站人头攒动，满目望去，皆是高鼻梁，还有深蓝色和深褐色的眼睛。司机用我听不懂的话语在到处揽客，但我清楚地知道，我还在我的祖国。

坐上出租车，司机是不太懂汉语的塔吉克族人，很帅，我们连比带画让他看酒店发过来的位置，他才清楚了目标，我也放下心，尽情地欣赏着一路的风景。百无聊赖之际，一棵开满紫色花的树进入了我的眼帘，很紫很紫的那种，外形不是很美，花朵不大，我问司机那是什么花，他木讷地看着我，但是在他深不见底的眼睛里，我突然看到了木讷背后的一丝狡黠。

喀什这个具有两千多年历史的城市，文化底蕴深厚，也是古代丝绸之路的北、中、南线的西端总交会处，是被誉为"丝路明珠"和"东方开罗"的小城。小城的建筑充满了民族特色，亭台楼阁、屋宇画梁，到处都充满勤劳善良的维吾尔族人的智慧。2023年10月13日，我的双脚踏踏实实地踩在了她的腹地，嗅着远古的风，看着现代化的建筑，看着扑朔迷离的街景，感觉她就是一个含情脉脉的女人，头戴面纱，穿行在小城的大街小巷，等待着世人去掀开头纱，探究她的神秘与美丽。

我想用脚步去丈量这座瑰丽的城市，但古城很大，我不知道该怎么走，问了问当地人，抬眼望去，满目皆是美女、帅哥，分不出是维吾尔族人、塔吉克族人还是柯尔克孜族人。顺着道路往东走，南北都是古建筑，马路两边都是商品，花花绿绿，也有吃的，面肺子、烤肉、缸子肉、古法冰激凌，甚至还有很少见的绿瓤哈密瓜。还见到了纯手工制作铜器的一个很帅气的小哥，他有深蓝色的眼睛、挺拔的鼻梁，戴着耳机，手持小铁锤，坐着小凳子专心致志地在敲打着一块古铜色的东西，

|长天长生| 亲吻我血脉里的这片土地

我问他这是什么,他说:"是铜。"我问他要做什么?他说:"盘子。"他的旁边放了好多铜盘子、铜壶,个个精美。还有那些挂毯和地毯,随处可见,张张美如织锦,我恍惚身处异国。

第一站,我们去了帕米尔高原上最美的湖泊白沙湖。汽车沿着314国道喀什段一路奔驰,两侧深褐色的山不断飞在身后。路过了盖孜大峡谷,眼前豁然开朗,碧色的湖水如玉镶嵌在天地间,远处的沙山似哈达般洁白,在阳光的照射下闪着动人的光彩。

人头攒动的游客在湖边高举相机、手机不停地拍着,女士们却不断地骑在柯尔克孜族少年牵着的牦牛上各种摆拍,我也"抢"了一头牦牛,在少年的搀扶下,战战兢兢地坐上去。牦牛很温顺,我也生硬地摆了几个动作。照片拍好了,碧水蓝天下一个女人霸气地骑着一头威武雄壮的牦牛,倒影在水中,非常的美。突然一个男声传来:"沙和尚来了!"有人从牦牛身上跳下来了,他迅速抱起身边的女孩子,轻轻地放上去。他笑了,笑得很开心、很开心。

第二站,还是沿着314国道,前往喀喇昆仑山的"冰山之父"慕士塔格峰和山脚下的喀喇库勒湖,海拔在3600米,全车人里我的年龄最小,但我却有高反,两腿跟灌了铅一样沉重,所幸的是小的氧气瓶随处可见,我买了一罐,时不时地吸一会儿就会舒服些。

据说慕士塔格峰以前是神仙住的地方,那里绿草如茵、四季如画,山上长满了红牡丹、白牡丹、玫瑰花、郁金香等许多名贵的花,还有满山坡的宝石、五颜六色的玛瑙,各种动物嬉戏打闹,是真正的仙境。

在大草湖的南岸牧场,住着勤劳善良的塔吉克族放牧青年和他喜欢的牧羊女,他俩约定在八月中秋节月亮最圆的那天结婚。小伙子为了表达忠心,决定到慕士塔格峰山上去采一朵神仙种植的红牡丹,送给心爱的姑娘古丽碧塔,小伙子千辛万苦地来到慕士塔格峰,历尽艰辛采到了牡丹,但就在他返回途中,遇到了小妖的阻拦,小伙子力排万难,带着牡丹下山,最终感动了小妖,放了他。可是小妖没有逃脱神仙对他的惩罚,永远地被锁在了山顶。慢慢地,慕士塔格峰上有了积雪,那是小妖日积月累的泪水和变白的长发所变,最终成了"冰山之父"。

但我们眼前的慕士塔格峰山势陡峭,山体宽大、浑圆,状似馒头。慕士塔格峰

|"美丽的新疆我的家"系列丛书|

属高山冰川类型，常年积雪，山顶冰层厚100—200米，雪线海拔约5200米，围绕其主峰两侧发育了许多规模较大的山地冰川，尤为壮观。

卡拉库勒湖，毗邻慕士塔格峰，在柯尔克孜语中意为"黑湖"，也有一千多年的历史，据说湖中有"毒龙"出没，唐代高僧玄奘西天取经路过此地时，也称这里为巨蛟出没的"大龙池"，遇到暴雨湖水会变成黑色，天晴后又会变回来。太神奇！

第三站，达瓦昆沙漠。沙漠深处我们没有去，只是在沙漠公园逛了逛，公园很大，两边全是浮雕，各种英雄好汉诠释着战争的残酷和胜利者的伟大。公园里还有达瓦昆公主的雕塑，月亮一样的大眼睛，昆仑山一样的鼻梁，齐腰的长发，纤纤细腰，美如灿星。但她一脸的忧郁，那是替父思忧的神情。传说达瓦昆王和他的族人被追兵苦苦相逼，无奈逃至沙漠才躲过一劫。人是安全了，但是没有水，很难长期生存。公主也是一位巾帼英雄，她背着父亲，只身一人前去寻找水源，不幸被风沙掩埋。达瓦昆王为了思念女儿，每天站在沙漠边哭边呼唤着女儿的名字，奇迹出现了，王的脚下慢慢地变成了一片大湖，是公主体恤父亲的举动感动了上苍。大湖的四周长满了芦苇，芦花很美很美，像极了达瓦昆公主。

最后一站，我们来到了香妃园。

其实我一直认为，香妃就是一个传说而已。当我真真切切地站在她的园子里时，我相信了这个传说。这个五彩缤纷、蝴蝶蹁跹、占地面积为300亩的园子生机勃勃，被打理得井井有条。园子中央有香妃的寝宫，包括她的一应用具。我们还在美丽的小导游的带领下欣赏了当年乾隆皇帝出游香妃陪同的盛大舞蹈演出，惊艳于演员们的美丽与魅力。在出园途中还看到了从没有见过的土陶工艺，手法令人赞不绝口。出了园子走过马路，我和同伴还在恋恋不舍地回望着"香妃园"。

不知道我们何时还能再相见，真是不虚此行。

盛夏里的绿

那一日，应朋友邀约，驱车前往东天山脚下的天山乡。车子一启动，马上人声鼎沸，虽然有三四个人，但感觉有十个人的声音。好久没有出去逛逛了，好久没有放风了，虽然一路上没有什么奇特的风景，但是我们有欢声笑语，有久违的家长里短，有久违的互怼声，犹如叮咚的山泉水，在干渴的嗓子眼里滋润着，一切都是那么的自然舒服。

现代的板路替代了十里洋场小道，车子就那么蜿蜒曲折地靠着山根行驶着，尽收眼底的是，山山连山，怪石嶙峋，偶有小桥流水、郁郁葱葱的风景，一定是一个村庄，它们镶嵌在错落有致的山坳里，美极了。

有人提议一直往里走，看一下是什么样子的，大家开心，索性顺着沿途的风景一路前进。我把手伸向窗外，凉风习习很是舒服，看到山里有水渠，我们飞奔下车踏进水里。看着溅起的朵朵水花，整个人都飘了起来，玩得就是这么开心。

眼前又是一片绿，又是一个村庄，大片大片的树林郁郁葱葱，大片大片的麦田安静得犹如一个羞涩的少女，树底下偶尔有三两个人，离得挺远，看不清他们在干什么，我想更多的是在聊天。有悠闲的马甩着尾巴在吃草，也有几只鸡在追逐嬉戏。还有几顶蒙古包豪横地立在那里，我们没敢大声喧哗，只是一个劲地说，太神奇了，村村寨寨别有洞天啊！如果不是现在都修了山路，这些村庄是很难被发现的，看样子这里的人也都生活得很好，我湿了眼眶，感叹古人的智慧。我们又往前走了几十米，看到路口上有三个人在玩牌呢！路口是堵死的，此路不通，是三个维吾尔族大哥在检查，他们用不太标准的普通话说，现在不能进去，里面是火灾高发地，你们请回吧。

我们齐道一声"辛苦了"，就调头按原路返回，途中碰上了牧羊女和她的羊群，一只只羊顺着山坡悠闲地吃草，宛如一粒粒珍珠撒满了漫山遍野。牧羊女把自己装扮得很严实，只露出两只美丽的眼睛，真的是手拿鞭儿，警惕地时刻瞅着她的羊群。还有一只挺大的牧羊犬,两只耳朵竖起来,直愣愣地盯着我们,很是不友好,也许是现在随着旅游业的发展,进出山里的人多了,难免给他们带来一些不方便,又或者是打乱了他们原有的宁静。

行驶中眼睛始终是收获满满:各种飞禽,各种树木,各种山花,甚至是路过的怪石玲珑。还有好多大型机械在那里工作着,应该是为了以后的旅游发展更多更好地建设着。突然眼前一亮,看到了一潭碧绿,仿佛天空更蓝,迷人的是天空中还挂了几朵白云,美得一塌糊涂,找了一个能停车的地方,赶快拍照让它和我一起永恒。

(叁) 你是天的眼

想把十月写长一点

不知道为什么
总想把十月写得长一点
想把所有美好的日子过得慢一些
想被秋天卷起
卷进略带凉意的秋风里
卷进午后的暖阳里
卷进婉约的清风里
带着记忆的思念
卷进柔软的白云里
卷进满山遍野的花朵里
卷进带有大自然味道的拥抱里

在这个美不胜收的
金秋十月里
我想做那片温柔的云
每当十五的月亮升起时
我还会是那颗最亮的星
陪伴你　追随你
护佑你
我们同一个地球
同一个月亮
我们还会在十五的月亮升起时
你在船上　我在沙漠里

共享一轮明月
此情此景
便是天涯共此时

我们不是沦落人
只是归宿不同
使命不同
责任不同
但我们都住在彼此的心里
任由狂风暴雨
也雷打不动
无论春夏秋冬
也许　你就是那个
能让我把十月写长一点的人

酌酒一杯敬你我重逢

今晚我又失眠了
控制不住地想你
心好痛已无泪
茫然不知所措
总想着时间是个好东西
它能治愈一切
然而世事难料
更像是放了一个世纪的佳酿
浓香四溢　回味无穷

我不是故意的
真的
我想试着忘记
可是太难了
那是入了心的
刻入骨髓的
白天我像个正常人
驰骋商场
可当夜幕降临
孤独就涌上心头
你的眼、你的眉已刻入骨髓
就像夏的荷、秋的菊
有过芬芳

有过耳鬓厮磨
如星光般灿烂

当繁华落尽
任凭你挣扎在泥土之中
日月星辰把你掩埋
让四季的风
夏的雨　冬的雪
把你浇灌
用玫瑰花瓣作陪
在某一天或某一年
在满池的荷叶上
想用酌酒一杯
敬你我重逢

柳绿亭台花映池塘

闲坐池塘,静看花
又一个阳春四月
信步来到公园
阳光温柔地照射着湖面
湖水倒影　波光粼粼
用指尖轻轻拨弄湖水
缓缓地溅起朵朵浪花
一朵就是一个年轮
一朵就是一个失去的青春
一朵就是一个回不来的故事
曾经想打捞起那个记忆
可惜始终没有缝补好那张网

收藏了那个四月

捧着手机翻看四月的日历
感叹时光的无情
造化弄人
经历了一茬又一茬的磨难
始终未能到达那个驿站
把手机开了又关
依然有花开
依然有鸟鸣
风起云涌
终是丢了笑声

坐在四月的窗前
烫一壶清酒
品味人生
好的，坏的，丑的，美的
忍住泪
把上个四月删了又删
可那个是定了位的四月
只好按下暂停键
紧紧地收藏

初夏植物打开的门

街边的风景已是美不胜收
我踱步到植物园
人头攒动
花团锦簇
芍药花也争奇斗妍
渲染了这个季节
让初夏增添了几分妩媚

一团团,一簇簇
除了人声
都是花开的声音
此起彼伏
手机声,相机声
都想把自己留在这美丽的花丛中
郁金香,马莲花,蒲公英
五月　是时候给植物打开门了

与日落对话

我是个不善言谈的人
把心思揣在兜里
脸上却风情万种
唯有日落时
才能在晚风里
看着满眼的缤纷
对着日落把所有的心事倾囊而出

别醒,请醉在红尘里

你闻着酒说　好酒
这酒是珍藏、是孤品
它就像爱情
需要勇气,需要真情
还有时间
酒也一样需要发酵
纯的麦子
才能酿出好的美酒
不知道酒有多少种味道
但它一定会有麦子的香味

各种味道的组成
诱惑着你的味蕾
让你在香气四溢中发泄
开心的不开心的
让爱情膨胀再膨胀
就像发了誓的爱情能永恒
放下的,放不下的
都挥之而去
虽然它不是传奇
更不是戏剧

我终将不能把你一笔勾销

| 长天长生 | 亲吻我血脉里的这片土地

你说酒还是很纯很香

它是琼浆玉液

喝完了唇齿留香

你说透过酒杯看到了我

看到了不被风霜侵蚀的我

看到了踏着雨滴前行的我

再也找不到那个青涩的我了

是跟酿酒的麦子一样

成熟的我

有麦子的香味

你终于醉了

醉在了金秋初冬

醉在了麦香味的床边

醉在了四季轮回的路上

醉在了江河湖海里

行走在秋天的旷野

雁声渐行渐远
天空像极了蓝色的哈达
羊群依然在草地上撒欢
只是瘦了格桑花
毡房里飘出牛粪味
额吉奶茶香得永不轮回
牧羊犬安静地守候在栅栏外

秋将尽
草黄了又黄
栅栏外的那枚叶已枯萎
我想捡拾　想让她重生
但那个经筒却怎么也转不起来
远处传来了马头琴的声音
我看到了巴特尔的酒碗
还有他那鹰一样的眼睛
两行清泪无声地滑落
我要把秋天忘记在这个旷野里

站在悬崖上

站在悬崖上
看万家灯火
风沙层层吹起
天空如万只凤凰
奇彩的虹
飘来条条哈达

| "美丽的新疆我的家"系列丛书 |

马奶酒敬天敬地

站在悬崖上
寻觅古楼兰的气息
几百年来
想掀开它神秘的面纱
留下的是声声呜咽
被写进了历史的画卷
曾几何时
它的繁荣，它的霸气
那个瓦罐，那个楼兰女
醉在胡杨林的怀中

站在悬崖上
纵观历史的长河
驼铃叮当铸就的丝绸之路
繁华过后弱水三千
南北交错
迎来送往
一场浩浩荡荡的大雪覆盖了所有的声音

初冬的雪

如鹰一样的名字
写在一片片经幡上
挂满了初冬
干涸的土地
像极了渴望的眼睛
被风转动的经筒
在旷野里抖动
从马背上下来的善男信女
匍匐在地
用尽虔诚
只为初冬的这场雪

我想是朵莲

一朵莲　一颗星
无数朵莲　无数颗星
镶嵌在银河
盛开在月宫
邀你共饮一杯酒
能否知我心
你不是英雄
却无怨无悔

两颗　三颗
颗颗相连
使草原的夜色更加迷人
胡笳的婉约
马头琴的悠扬
让人间烟火升入云端
晚风里有贝加尔湖的气息
母亲河像个睡美人
静静地躺在那里
蒲公英在悄悄地绽放
额吉泼墨成诗
飘向远方　远方

一场大雪

像雏菊一朵一朵落于我掌
慢慢地舒展开来
晶莹剔透
如同一张张稚嫩的小脸
在寒风中瑟瑟发抖
又如飘零的孤叶
凄凉　落寂地翻滚着
随着风的呜咽声
一团团，一簇簇
悲怜地隐入大地

我无奈地看着窗外
任凭泪水往外喷涌
没有力气把门打开
雏菊一朵一朵往下掉
往下掉
化作一缕缕青烟
升腾　再升腾
风扯破了喉咙

致十一

星河璀璨
历史永恒
今天是普天同庆
让我们缅怀英烈
在这个马奶酒飘香的季节里
向他们的丰碑致以崇高的敬礼
他们是历史
他们是星辰大海
他们是永不熄灭的灯塔

五星红旗迎风飘扬
我们的科技还在发展
我们的祖国五谷丰登
稳固发展
循序渐进
祖国母亲，您的儿女们都在平安地成长

致红星二场

八月的桂花开得正浓
一群写诗者、读诗者
怀着对兵团人的敬仰
走进了红星二场
宽敞的马路四通八达
绿树成荫　蝶飞凤舞
楼台亭阁
车水马龙
金秋时节瓜果飘香

红星博物馆
红星诗社
他们就是五角的红星屹立在红星二场
在二场人的悉心浇灌下闪闪发光
红星人孜孜不倦地讲述着屯垦故事
见证屯垦历史的地窝子
震撼着子孙后代
红星二场——一个拥有光荣先烈的团场
让我们用敬畏的心致敬

七 夕

朋友圈成了一片花海
无论是七夕还是情人节
她始终是孑然一身
没有玫瑰
没有美酒
更没有粥可温

她习惯了在仓央嘉措的诗行里游荡
在三毛的散文里走读撒哈拉
不想在一棵树下张望一生
想与唐婉对饮
看一地的桃花
想邂逅李白与他举杯邀明月
不知天上宫阙　今夕是何年

又见三月

今天的阳光不够彻底温暖
眸子里的泪花一直在打转
是风迷了眼
一片枯叶刚好飘过
她的身体又颤抖了一下

噢！今天是三月
又见三月
时间在飞速
如同高铁再次提速
却难达到那个终点

阴影处的雪还未化
三月的风吹来了鸟鸣
还有一些花开
空气中有玫瑰的味道

你 好

我张了张嘴
把决堤的泪水
憋了回去
望着窗外明媚的阳光
看看室内缤纷的花朵
我真的很无力

那个遥远的梦,在哪里
我仿佛听到了远山的回应
看到了额吉的笑脸
我在寻找被雪覆盖的敖包
我在寻找那个经筒
我手捧哈达
在巴尔库勒湖边
高喊,你好

我真的不想老去

落梦成灰自然规律
多少往事始于风中
又逝于风中
而我却在红尘中寻寻觅觅
把最美的青春献给了懵懂
在懵懂中幸福着、摇曳着
没有邪恶的脸始终面带微笑
喜欢日出的余红
喜欢落日的晚霞
喜欢高跟鞋敲打地面的声音

曾几何时只想安静地度过每一天
不想跟任何人说你对我错
不想灯红酒绿
不想再索求爱与不爱
花落了,不会再去埋葬它
秋叶落了,不会再去刻意写诗

原来灵魂累了,青丝也已染霜
每天把镜子擦得铮亮
目睹着自己的容颜
在一天天地憔悴
目睹瀑布一样的长发慢慢地枯萎

目睹眼睛里的期盼已成了幻影
一切终是空

在人生的十字路口
爱已如秋天的玫瑰　谢幕了
向左向右粉碎了三生石
留下了孙悟空的紧箍咒
虽然毫无意义
但它能让我头痛心梗
一直想逃离
却画地成牢

回过头
半生的梦很长很长
可人生真的苦短
不知道哪天的日出便成了永恒
想破茧成蝶
却没有栖息的枝头
梦里梦外都是少女心
我还想头顶红纱去西藏
手握经筒去朝拜仓央嘉措
真的
我不想老去

你是天的眼

敦煌莫高窟
月牙泉是天的眼
是遗落在沙漠里的一滴陨石泪
是月亮把自己的影子留在了人间
它想在黑夜指引路人
只有那么一束光
我顺着光一直在追寻

在泉边看
大漠孤烟直
盼着骑骆驼能来给我送酒的人
随着阵阵驼铃声
只看到骑着骆驼享受日落的外国游客
鸣沙山
古来征战能有几人回
多少忠骨英烈落魂沙漠
捧一捧沙,握不住,顺着指尖滑落
莫高窟千佛洞,飞天
每一笔
都震撼世界
她是能工巧匠魅力的再现

我想牵着骆驼从敦煌到哈密

为了防晒
用围巾把脑袋裹起来
露两只眼睛
长裙飘飘
风情,迷人
丝绸之路的使者
一路上摇摇晃晃地走着
花草树木皆过客
风高月影如影随形
嘉峪关若隐若现

又一声脆脆响的驼铃声
天亮了,太阳在晨曦中徐徐升起
我牵着骆驼慢慢地从晨雾中走出
312国道就在眼前
我骑上骆驼打开手机
喜欢听旦增尼玛唱的《月牙泉》
唱出了男人对女人的无尽的爱恋和柔情
月牙泉,天的眼……

梦回撒哈拉

七月是下半年的开始
寄托了所有的希望
努力地用每一个微笑
迎接每一天的灿烂
没有失望
所有的一切都变得年轻了
好美
因此在七月撒下了一粒种子
无名
想让它发芽、开花、结果

只在心里
去了趟撒哈拉沙漠
去找寻三毛的足迹
到处都是残垣断壁
唯独大海还在
似乎看到了三毛笔下
夜深人静时有人拎着水桶
拿着水管来涮肠的情景
风沙掩盖了三毛的一切
只看到了荷西的络腮胡子
不能动
动了它会碎

碎得无法缝补

在空气中嗅到了三毛的香水味
一转身似乎看到了三毛的长发……
三毛乌黑忧郁的眼神
继续找寻种子不发芽的原因
似乎有个声音说
八月,八月一定
发芽,开花,结果……

夜半无眠

听着窗外的风声
听着树叶相互撞击的声音
听着被风吹落的花瓣声
她的思绪早已飞到了千里之外
如饥似渴的沙漠在风中混浊地飞扬
摇摆不定的驼队发出一声声嘶吼
风起,飞沙淹没了驼印
风带着她
以飞也似的速度
似乎有灯光
不会是新龙门客栈
那只是海市蜃楼
她舔着干裂的唇
瞪大眼睛寻找着被风沙掩盖的足迹
一望无际的沙漠连只蚊子都没有
她绝望地把头深深地伏在沙地上
突然听到有个声音由远而近地叫她
怎么那么熟悉
是那个拖着尾音的声音
是那个一开口便让她醉的声音
还有驼铃声
还有风沙的声音
一步两步………

近了 似乎更近了

飞子　飞子
她被叫醒
揉着惺忪的睡眼
母亲问她
你到底怎么了
啊！她说她刚才在沙漠里
迪拜的沙漠
塔克拉玛干沙漠
南非的沙漠……
窗外的风沙继续
夜已很深了
有风沙的夜很少有月亮
有月亮的夜没有风沙
这样的天气在这个城市很少有
在大阪城有

她用她懂的文字在表达
她深信嫦娥和吴刚是幸福的
她完全醒过神了
听着母亲均匀的呼吸声
她很是欣慰
踱步到窗口
此时已是风雨交加
透过窗户看
外面黑漆漆的
只有雨滴落地的声音

她慢慢地踱步回到床边
摸着空荡荡的大床
俯身低头想嗅嗅那股淡淡的味道
今夜无眠
此时的你一定还在梦里……

心里有朵白色的小花

跟朋友说过
我想以《土豆花开》为题
写小说
写尽我的喜怒哀乐
写尽我空洞的人生
写尽我埋藏心底不能掏出来晾晒的东西
写尽繁华落尽后的悲哀
写尽海枯石烂后被剥离的痛
写尽风尘轮回后的哀
写尽人生转脸时的恐惧
在写尽我吃土豆时的满心欢喜

真的很喜欢吃土豆
关键是喜欢它的花
它不大不小的叶子
绿得能让整个世界柔软
小小的花骨朵
开出朵朵白色的小花
没有牡丹的富贵
但也不卑不亢
小时候我们从土壤里把土豆掏走
只要把土埋好
花依然开得美丽芬芳

喜欢下雨天
淅淅沥沥的雨滴拍打着万物
所有的叶子花瓣焕然一新
世界在朦朦胧胧里回放……

让我想起了《许茂和他的女儿们》
画面总是烟雾迷蒙但又清晰的
被洗礼过的土豆花更加美丽
我的床头有个空的玻璃瓶子
只要土豆花开它就是丰满的
我喜欢回忆……不要打破它
也不想按下暂停键
想把回忆的味道和着酒一起咽下
喜欢碎碎的白色的土豆花……

穿透枫叶，读……

我曾经想过用一生的时间
放牧我缥缈的幻想
山高水长
也只是时间
我曾在西塘的残荷下想过你
那熙熙攘攘的人群里
多想有你的影子出现

在波斯湾海域的游艇上
在扎那德清真寺
云集了各国的人
只为看一眼它的金碧辉煌
我们都是异乡客
鸡蛋花开满了庭院

漫步在回家的路上
冷风肆无忌惮地绕着我
此刻我多想你是一团火
一盏灯
能把我温暖
只看到一片血红的枫叶

离 别

今夜没有爆竹声
偶有烟花像星星一样飘过
夜似乎很静
一滴泪还是滑落
正如今夜郑州的雨
伞下是我的唯一
夜空里传来稚嫩的哭喊声
那哭声撕心裂肺

雨继续下着
这是郑州的第一场春雨
我从莫钦乌拉山来
看到雨
如同久别的恋人
但那个稚嫩的哭声让我破防
是泪,是雨
是雨夜的玫瑰
还有遗憾在举起的酒杯里打转

春 雪

雪不大，很密，很稳
让人难以猜想
时而疾驰，时而缓慢
毫无规则
我静静地看着
万种思绪齐上心头
是思念，还是让它随雪而落
缘未了

风不大，很冷，很响
春天的第一场雪
来得有些猛烈
归家的人都迫不及待
就像午夜里的星辰
不惧寒冷
我寻寻觅觅
又见梅花儿开

浪 花

有一些花开在海上
如一个个跳跃的音符
在海水里自由奔放
风急的时候层层叠叠
像个舞者
珊瑚，各种水族的乐园
看它小小的花朵
能承载数万吨的船只
引领着各种贸易
海鸥是它的守护者

有一些花开在海上
风平浪静时
是赶海人的希望
海带，海参，斑斓的贝壳
日出时它像一杯挂在天边的佳酿
日落时它又像个醉酒的少妇
在酒里肆意地发疯
马头琴声悠悠扬扬
任凭海浪一浪高过一浪

摇曳在叶子上的雪

初雪,在天空中飘飘洒洒,像一个成熟的女人,浪漫而具有风情。她有故事,她要留住它的美,却让风吹乱了她的发丝。她用手机拍了几张雪景,雪飘浮在落了叶的花和树枝上,这种美叫静美。黄的、白的雪,没有花红柳绿的杂色,只有雪和叶的空灵,还有空旷的大自然。放眼望去,一片片银装素裹,像极了一个个刚刚沐浴准备更衣的女人。更像极了金陵十三钗,唯美娇艳。

她喜欢独处,喜欢随手一拍,喜欢记录一些美好。在这个有雪的日子里,她岂能不尽如人意呢,踩着咯吱咯吱的雪声,一路找寻着能进入镜头的猎物。看着潇潇洒洒的雪,她情不自禁地伸手握了一把,雪在她温暖的掌心里瞬间融化,一滴一滴的雪水在阳光下熠熠生辉,像极了一颗颗珍贵的钻石。再抬头看看蔚蓝的天空,再看看独自徘徊在这个清冷的早晨里的自己。虽然冷,可她是开心的,因为有雪,她可以摆各种造型的雪人,把它们当成一个个的帅哥。这个城市很少下雪。

她早已把记忆封坛深埋了,可此时此景,又让她的记忆像洪水一样,一泻千里。很快,被微风吹过。有些事情她想忘记,谈何容易,那个如影随形的影子,一刻也未曾离开。都说雪落无声,可她却偏偏能听到风和雪的对话,风说"又是一年",雪回答了风"凄风苦雨,终有时,最难是相思"。而此时的她却发现了一双大眼睛探寻似的看着她,她也觉得似曾相识。奇怪的是,一张张会移动的脸,在叶的雪里,被风摇曳着。一阵风轻轻地吹过,把树叶吹落了一地黄,吹散了那些影子,吹得如同候鸟一样,风轻云淡。

雪花继续在飞舞着,继续在潇潇洒洒地飘着,她被一阵寒风从回忆中拉了回来,是啊!回忆最是痛苦的,她又低下头,俯下身似乎在找寻着什么,在洁白的雪地上,在被雪掩埋的枯叶上,她还是看到了那张熟悉的脸,在铺满雪花的叶子上微笑呢。

肆 一个成熟女人的背影

初 秋

用玫瑰花瓣做纸
用柳叶做笔
在八月写下对夏的不舍和眷恋
把所有的热打包,寄存在葡萄架下
让风把我的故事带走
七夕之夜
我听到了织女牛郎的呢喃
我的泪飞过了银河
扔掉了油纸伞
喝下了忘情酒

天气依然炎热
走在街口
红裙飘过
微风里有了些许的凉意
蝉的叫声越来越大
看到了树叶的静美
晚霞里飘出了黄的色彩
这就是初秋

秋草黄

落花,已在风中瑟瑟发抖
叶,无助地望着凋零的同伴
而我还在守候着那个有梦的地方
寻着曾经的足迹一遍一遍
秋海棠开得映红
海棠果挂满了枝头
打开我的长发
把诗行数了又数

秋天的伤感是无人能懂的
但是很美丽
眨眼间
绿叶未退
还有花儿在盛开着
二朵三朵,朵朵都美
我泪眼婆娑
秋草黄,玫瑰虽败叶还青

秋 韵

麦芒渐落
叶,一片一片轻轻地滚向溪流
蒲公英已飞得很远很远
金色涂满了夕阳
牧羊女捋着乱发追赶着羊群
牧羊犬紧随其后

草原的秋在晨曦中
在梵高的油画里
在斯琴的思念里
牧羊归巢
漫山遍野的枫叶
秋,是被天空咀嚼过的黄昏

秋 思

秋　已成诗
枯叶收纳了所有的故事
我在云端低吟浅唱
那些年的美好
还在心中涤荡
故乡的炊烟将我唤醒
燃烧的牛粪是额吉的味道

酥油茶滚烫滚烫
秋草已黄
马蹄在呼麦声中飞扬
芦花落了一地
莫钦乌拉山已是雪花飘飘
只有那个村庄还很温暖　温暖

秋日芦花

蒹葭苍苍，白露为霜
挺立在旷野
摇曳在风中
绒绒的似刚出浴的少妇
一颦一笑尽在晚霞里
轻轻地移动脚步
把它们打开
再挽一个高高的发髻
回眸　千娇百媚

余晖里
飘逸的苇叶
一束一束
秋风起了
它们纷飞
如同秋天的落叶
自由地飘　飘向天空
化作白云
随我行进在朝拜的途中

西山的秋

它是山坳里的一枚图腾
是一幅五谷丰登的云锦
蓝天白云下
草长莺飞
我策马而来
奉上一颗虔诚的心
毡房里传出黑走马
麦西来甫
睿智的哈萨克族人、维吾尔族人
跳了一代又一代
驻足回望农家乐　各种景点
赤橙黄绿青蓝紫
西山的秋在落叶下一片静美

再写秋

想把秋写长一些
像黄河之水绵延不断
像巍巍天山气贯长虹
像北极冰川永不解冻

想把秋写得更美一些
穷尽了所有的词汇
兰花　芙蓉　玫瑰
还是用秋天的胡杨

我想留住秋
北方的大雁已南飞
九月菊妆点了十月
我在敖包拜了又拜

梦一回

那一夜
花开了无数朵
没有蝶飞
只有花香和你的呼吸声
我静静地欣赏着
如同欣赏毕加索的画
我游走在笔尖
写万物生长

那一夜
星空很美
你讲了很多故事
关于你的掏鸟窝、下河摸鱼
我依在你温暖的怀里
品着银河的水
把红尘写在我的梦里

许 我

许我,在你转身时回眸
许我,在你的世界里晃荡
许我,陪你去塔尔寺许下我们的诺言
许我,一起在经幡上写下你我
许我,在青海湖抄经诵佛
许我,陪你天涯海角

许我,三餐四季扶犁种花
许我,访遍苍远辽阔
许我,旗袍雨巷
许我,唐诗宋词
许我,水袖芳华
许我,来世相依相伴

100次恋爱

只有在文字里流浪

我才不会孤单

可以握笔宣泄

肆无忌惮

狂笑 疯哭 痴情

可以清纯

亦可叱咤在职场

纸是干净的

文字是跳跃的

唯有笔尖是被迫的

写天堂

写地球的另一端

还可以把我的诗句写在鸟的翅膀上

一路分享我的喜怒哀乐

写晨钟暮鼓

写诗和远方

写星辰大海

写鸟兽

写百花

| 长天长生 | 亲吻我血脉里的这片土地

写春夏秋冬
写复活
写丑恶
写100次恋爱

秋末初冬

岁月的脚步匆匆又匆匆
看那片秋叶已缓缓落下
让风轻轻地揉碎
满街的落花也已残
只有归去
带着它满身的伤痕
和一个又一个故事
隐匿在沟沟壑壑

白杨树、垂柳变成了金黄
在一场又一场风中
露出曼妙的身影
格桑花已枯萎
东天山的白越来越清晰
只有雪莲开得很旺

晨起暮落

一群云涌来
挡住了那片蓝
太阳努力地挤出一条缝隙
没有花、没有叶的枝条
疲惫地抬起低垂的头
风　吹落了它们的衣裳
被泥土掩埋得严严实实

一群云朵飘过
露出了那一大片蔚蓝
像丝绸
真的很美　很美
我裹着羽绒服
拎着饭盒
奔波在上班的路上

云朵再次遮蔽了落日
露出蓝底的那一片殷红
像十月的枫叶
像醉酒的美人
在苍穹中翩翩起舞
马奶酒敬万物生灵
马头琴声声悠扬

再写枯叶

起风了,很冷
她竖起大衣的领子
在街口疾步
枯的叶子落了又飞起
她张开微凉的手
叶便落于掌心
轻轻地,轻轻地
看到了叶的血液

把叶子打包封存
写上那几个字
连同冬天的第一颗晶莹
让南飞的鸟儿带给他

幽深的树林里
铺满了枯黄的叶子
用脚步丈量
一步二步
步步相连
蓦然回首
恍然如梦

转场　东窝子

铺天盖地的冰雪已悄然而至
牧歌伴随着迁徙的驼队
在山谷里蔓延
山鹰带路
驼背上巴郎的笑脸和阳光一样
雪地上的咯吱声如同号角
沉寂的山谷热闹了
挂在树枝，岩壁上的雪纷纷扬扬
毡房里冒出的炊烟
在云层里穿行
飘出来的肉香味
奶香味
再把酒斟满
东窝子不再寂寞
山鹰在天空中翱翔
一下，两下

长天长生 | 亲吻我血脉里的这片土地

那抹最美的红

你静立在风中
四季都不语
美得犹如江南女
每个清晨我都跑去对你絮絮叨叨
无论是绿色的
还是金色的　银色的
从稚嫩到娇艳
或已风干
我从不间断
你静立在风中
尽管早已枯萎
也掩饰不了你曾经的美
如今风雨几缕
你就美了几缕
你没有随风而下
始终叶茎相连
即便雪落满枝头
你还是那抹最美的红

他的以西①

——致红星诗社社长钟永星老师

一片叶滑过我的脸颊
跟随南飞的大雁
头也不回地飞走了
一个皮肤黝黑
不善言谈的中年男子
在他的辽阔里尽情地挥洒着汗水
喂养着他的棉田和他的以西
还有他的土城墙

以西是他儿时的记忆
破棉被里裹着父亲母亲的味道
细碎的沙枣花
在他的笔下变成了行行诗篇
一个粗犷的汉子
用细腻的情感
述说着他的以西

---

① "以西"指钟永星老师出生地,为红星二场的西边某处。

我爱我的祖国

秋意渐浓
月儿圆了
桂花开得很艳
黄的像金
白的像云
酥油茶飘出了毡房
牧马的汉子夜归来
牧羊犬守护着草原

草原的夜
很静很静
一排排红旗迎风招展
大红灯笼在月光下熠熠生辉
草原雕安静地盘旋在天空
让我们一起高唱《我爱我的祖国》

我的 2023

这一年,山长水远
春茂　夏离　秋遇　冬熟
轮回往返
这一年,如浓浓的烈酒
又如八月的桂花
都一醉方休
把迷离的眼眸写成诗行
让懵懂的青春再次跳跃
尘封了柴米油盐

这一年,如诗如画
把暮年遗忘在缤纷里
把心偷偷拿出
把情放进去
把爱尽情地挥洒
一场大雪
如同美丽的格桑绽放在额吉的怀里
我把"感恩遇见"写在经幡上
我的2023连同哈达飘向了天空

往后余生在雨中看荷

我转过经筒之后
你的名字便出现在我的手机里
成了我的思念
我想穿着旗袍从烟雨中走向你
你撑着油纸伞牵着我的手
听雨落的声音
同呼吸
看被雨滴打落的花瓣
葬了它
让挂满灯笼的溪流
带着它的忧伤去向另一个渡口

曾几何时
我打开了一本书
没有扉页　没有题目
一直在我的床头
触手可及的地方
哪怕有一秒钟的时间
我都会去翻翻它
这本书是奇珍异宝
包罗万象
有人生、有爱情、有成长
还有人间烟火

你一直希望我走向烟雨
陪你看细雨中的荷
看海边日出日落
在渡船上拍《泰坦尼克号》
去老街看木棉花
端着纸杯品关东煮
闭上眼一起享受生活
电话响了是你的名字

|"美丽的新疆我的家"系列丛书|

想做一个与文字为伴的人

喜欢自己的风格
喜欢安静,与世无争
用自己的眼睛洞察这个世界
开心时,发了狂地笑
不开心了,保持沉默
用心去感受
就是不能开口说话
怕我表达不清楚

在风的世界里
喜欢到处走走,安静地看四季风景
摘一朵野花插在发髻后,很美
尤其那个风霜过后的背影
捧一捧海水淋湿全身
那是用画笔精心画出来的

一直想
想做一个与文字做伴的人
朴实的那种,不用抛光
接地气的
不想太过精细地去打造它
跟它不喜欢化浓妆是一样的
真诚里有故事

一读便能懂
想用懂世界的文字去懂社会
就像在秋的黑夜里摘一片树叶
把满满的露珠
用力撒出去
画出优美的抛物线
美得像彩虹

如月宫里的圣水
落入凡尘
化作甘霖福泽延绵
让花草树木四季旺盛
让稻田五谷丰登
让鸟鸣响彻云霄
让欢声笑语充满大街小巷

都是真诚的
真诚的不止一个故事
不再叹息，不再忧伤
让爱团聚，不再飘忽
明天一定会更好……

深夜与文字对话

文字是
真诚的
文明的
洁净的
始终喜欢
一个字就是一个故事
一个故事就是一段人生
只要能懂
满眼都是骚动的文字
需要时
在指间随意流淌
又被潇洒地弹回格子里
形成一个又一个故事
开心的或忧伤的
从海枯石烂
到一别两宽

蓦然回首
失去的是瞬间
留下的是永恒
文字
是纯粹的
可以记载鲜为人知的秘密

犹如在云端和风共舞

亦可让《药神》萋萋哀哀

亦可让贺涵唯美可人

亦可让江山美人复活

文字

可以冷暴力

也可以杀人

文字是有痕迹的

摸不到

它会在每一个能触达的地方

存活且永恒

深夜，触摸文字的每一个经络

如同爱人的肌肤……

是鲜活的

有血，有肉，有灵魂

不是冷的……

我的文字在我的指尖

交错着，跳跃着

它知道自己撕扯得有多透彻

痛，早已麻木

爱的代价

忘了自己

让心上锁，从此不再有爱

见过树叶上的露滴

曾经守候着

看着它直到被阳光吸进

没有看到雾

再喷出就是骨髓和血液
捂住伤口,永远地捂住
把心用文字封起来
太沉
她每天像个病人
喘着气对自己说
有个念想才能活着……
文字
让心有了归处
让灵魂有了净化
文字
丰满了世界
让人间至味是清欢

写给新年的第一首诗

跨年的钟声回荡
我拿起笔
轻轻地坐下去
习惯了在纸上涂抹
习惯了咬着笔尖发呆
又想起了旧年、旧事
都像流沙去了沙漠
那一片的绿啊
让苍穹有了生命

持续不断的爆竹声
宣示着来年的美好
我再一次写下"你好"
写下天空的蓝
写下迁徙的牧民
写下额吉的愿望
写下想与你共白头
写下"夕阳无限好"
干杯吧，干杯

|"美丽的新疆我的家"系列丛书|

小年,小念

雪,一片一片
汇成灿烂星空
汇成江河湖海
落于笔端就是旧冬新春
想不出更好的诗词歌赋
煮一杯黄河水
在中原大地上敬我中华

小年在烟花里远去
雪花还在飞舞
风也不再呜咽
举杯笙歌看桃花
错把灿星当篝火
抓一把雪都是思念的词

我在中原过年

游走在唐诗宋词里
嗅着中原的麦香
品酿了千年的酒
黄河，母亲
那缓缓流淌的河水
是母亲深邃的眼眸
中原的词，中原的诗
就是黄河母亲
我们都是龙的传人

我站在中华腹地
听春的声音
看云卷云舒
呼吸中原的文化精髓
看到了包拯
看到了任长霞
看到了腾飞在烟花爆竹里的中原

一个成熟女人的背影

其实独处并不是不合群,而是想让自己在某个瞬间,或者就那几个小时的心得以安静,把自己和工作划分开。短暂的失忆,真的是非常惬意轻松的。这一刻我是属鱼的,一条快乐的花花鱼,因为它的记忆只有七秒。我愉快地把工作按下了暂停键。

把烦心的事情搁置一边,把自己打扮得美美的,涂上喜欢的口红,涂上黑色的迷人的睫毛膏,捯饬捯饬长发,看着镜子里的自己,仰起头微笑着。其实年龄只是一个数字而已,这就是我,把自己活明白的女人。

每一次休息我都会出去走一走,或远或近,或约朋友上山,或自己在市区的公园、湿地,看冬眠的灌木和一地的枯叶,画面独特,景色各异,还有人工湖面上晶莹剔透的薄冰。可惜我不是画家,否则我会把这个冬天的公园美景描绘在我的画笔之下。在西餐厅,品一品喜欢的咖啡。在肯德基,喝加冰块的可乐,在冬天里享受那种从头凉到脚的刺激。再轻抚被折腾的胃,也能释放很多的不愉快。

很多时候并不是喜欢吃,而是享受优雅的环境和氛围。吃烤肉凉皮我是认真的,这也是我喜欢吃的一种小吃。虽然一个人享用有点尴尬,但常常是若无其事地边看手机边吃,烤肉的自然香和辣椒面的味道让我垂涎三尺,加上凉皮的酸爽更是绝配。尽管被辣得眼泪鼻涕直流,还是满足了我的味蕾。再去逛逛商场看看时装,看看金银首饰,开开眼界,欣赏新的流行趋势。再欣赏一下街上手牵手的情侣,看他们依偎着一人一口地吃着糖葫芦,幸福感爆棚,我羡慕地离开了。

销售行业是很累的,是近距离跟形形色色的人打交道,在未开口前,你不知道他是干什么工作的,当跟你交流之后,了解了顾客的需求,你再慢慢地给顾客讲解不同款式的洗衣机不同的作用。让顾客了解了、认可了这个品牌,就水到渠成了。

当然,什么样的顾客都有,有那种格局大的,做事干脆果断,这样的顾客还是很多,我常怀感恩之心,服务好每一个顾客,让他们买得放心、用得舒服,洗衣

| 长天长生 | 亲吻我血脉里的这片土地

机洗得干净,就是我最大的心愿。商场如战场,压力也很大,因此我有我的释放办法,那就是经常出来走走,吸收阳光,呼吸自由的空气,一切都是那么的美好。时值下午,阳光已渐行渐远,我也走向回家的路,感觉自己精力充沛,望着落日的余晖,它像极了一个成熟女人的背影,风情万种。

后记

　　我出生在新疆美丽的巴里坤大草原，那里风景如画、水草肥美，养育着一代又一代的中华儿女。

　　我的父亲是镶黄旗的后裔，可惜的是造化弄人，父亲十一岁时便成了孤儿，佣人们看到家里的变故，哄抢了金银细软作鸟兽散，留下了年幼无知的父亲。在吃完了所有的食物后，父亲离开朱漆大门的四合院，开始了流浪的生活。为了能吃上饭，父亲可谓是历经磨难，最终在南园子张姓人家的收留下，才得以存活。父亲学木匠，虽没有上过学，但是悟性很高，什么东西都一学就会。我想，他那么努力，更多的是为了活着。

　　我从小就喜欢看书、写东西，母亲告诉父亲说："孩子应该是隔代遗传，你们尹家骨子里带来的！"父亲叹气："怎么就带给她一个人了！两个儿子倒没有一个爱学习的。"父亲的童年很苦、很苦，从他喝醉酒后的哭声里可以听得出来，那是马头琴拉出的最悲伤的故事。

　　我对文学的认知，源于父亲哭声的启示。我想弄清楚他的家史，想弄清楚一切。然而，这不是一件容易的事情……只在新的县志里找到了光绪年间大诗人、我的祖先尹绍萃写的一些诗歌，其中有首《唱秧歌》：

粉头花面舞婆娑，
浪语风言信口哦。
莫笑词粗形态丑，
沿街犹自看人多。

　　我是做销售的，卖的是洗衣机，也是家电行业里数一数二的"销冠"，闲暇之余，我会趴在洗衣机上写诗歌、看书，这一写便写了四年。我的诗歌是我生活的全

部,诗歌里有父亲的希望、有母亲的期盼,更多的是我大美新疆哈密的人文文化,更有我们蒙古族人的草原生活。

我的人生就这样在额吉熬奶茶带给我的滋养中度过着,没想到是遇到了潘飞编辑!在好友航月的推荐下,潘飞编辑被我的《梦中的额吉》深深吸引,他说这首诗里奏响了他"梦中的马头琴声"……这本书只是一个开始,以后,我会继续写,写我自己作为一个新疆人的生活,写我们美好的时代。

在这里,我要感谢很多人。首先感谢我的启蒙老师哈密市伊州区文联摄影协会副主席彭兴礼。彭老师一直在文化部门工作。他先后配合央视九套、十套完成了专题片《狼灾记》《寻找圣水》《回王传奇》《丝路遗韵》《大河古城》《暮鼓晨钟》等八集拍摄任务;先后配合新疆一套"丝路·发现"等栏目组完成了《巴里坤考古大发现》《巴里坤东黑沟遗址》《哈密烽燧》等三十五集专题片的拍摄工作。退休后,彭老师又先后出版了《十三师文物志》《哈密岩画》,准备出版《初探哈密佛教遗址文化》《踏访哈密古城》《哈密古建筑文化交融发展》《哈密寺庙文化的研究》《大月氏之地——巴里坤》等十部专著。

感谢在诗歌路上关心我的诗友们:钟永星老师,美丽老师,石桥老师,李小英老师,李舒凡老师等。

感谢哈密市伊州区文联主席赵静、哈密市伊州区作协主席王林、秘书长高黎、理事朱锦慧、办公室郑晓琴老师。

感谢哈密市作协副主席管仕红、田容红。

感谢哈密市伊州区慈善总会会长朱世彬、秘书长赵先民及总会的部分组织机构。

感谢兵团第十三师新星市河北商会于继甫、哈密雅阁装饰总经理许栋良、哈密市腾达建筑安装工程有限公司总经理姚杰、哈密市伊州区卡车协会会长王晓伟、哈密市海神租赁有限责任公司总经理焦民兴、哈密吸引力健身广场总经理赵勇、哈密市美年大健康管理有限公司总经理刘颖、戎威远保安服务公司商建国、唐人文化集团公司唐红宝(哈密唐人文化创始人)。

感谢新疆圣奥建设(集团)有限公司董事长乔连生,他们的公益慈善行为,让更多的人得到了温暖和关怀。

感谢中国摄影家协会会员、国家一级摄影师、现供职于河南财经政法大学文化传播学院的王望先生无偿为本书提供其摄影图片，为本书增色。

最后还要感谢我的两位恩师许学诚、汪海涛，如果他们还在，看到我人生中的第一本书，我想他们一定会开心的。

当然，最要感谢的，是我已长眠于长生天的阿布。阿布，我想你！